『夢魔の王子』

陣中で、誰かが感嘆の声をあげた。「見てみろ。赤い月だ」（180ページ参照）

ハヤカワ文庫JA
〈JA715〉

グイン・サーガ㊴

# 夢魔の王子

栗本　薫

早川書房

5135

THE SAPLING OF SATAN

by

Kaoru Kurimoto

2003

カバー／口絵／挿絵

丹野　忍

# 目次

あの星は消えてしまった。夜になれば、やがて朝がくる。朝がくれば、日がのぼる。そしてまた夜がくれば、また別の星がまたたきはじめる。そのことはわかっているけれど、私にはもう、ただひとつ大切だったあの星だけは見えることはないの。朝がきても、あなたはいない。夜になっても、あの星は見えない。私は何処へゆけばいいのだろう。

——リンダの嘆きの歌

〔中原周辺図〕

ナタール川
ヴァーラス湖沼地帯
ノスフェラス
ナタール大森林
ギーラ湖
ケス河
ナタリ湖
サイロン
ユラニア
トーラス
ノルン海
ケイロニア
アルセイス
ゴーラ
ロス
モンゴール
クム
リーラ川
カムイ湖
タリア
タリア
ワルド山脈
中原
ルーアン
イーラ湖
クリスタル
オロイ湖
アルムト
パロ
アルーンの森
カラヴィア
サルジナ
ダル湖
ダネイン大湿原
ハイランド高地
ドラス連山
ウル山脈
カムリ岬
ルート
ウィレン山脈
ラトナレン山脈
アグラーヤ
サーリスベリ
ランガート
アルート高原
カウロス
獅子原
ライゴール
レンティア
草原地方
トルース
トラキア自治領
リャガ
ヤガ
イフリキア
マハール
トルフィヤ
ヴァラキア
アルゴス
沿海州
アルカンド
アルゴ河
レント海

〔パロ周辺図〕

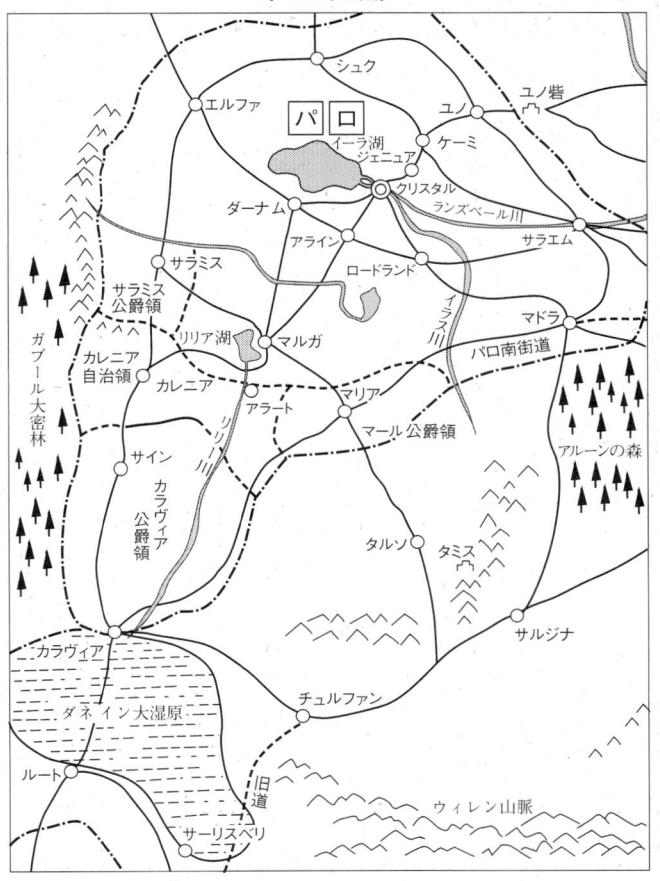

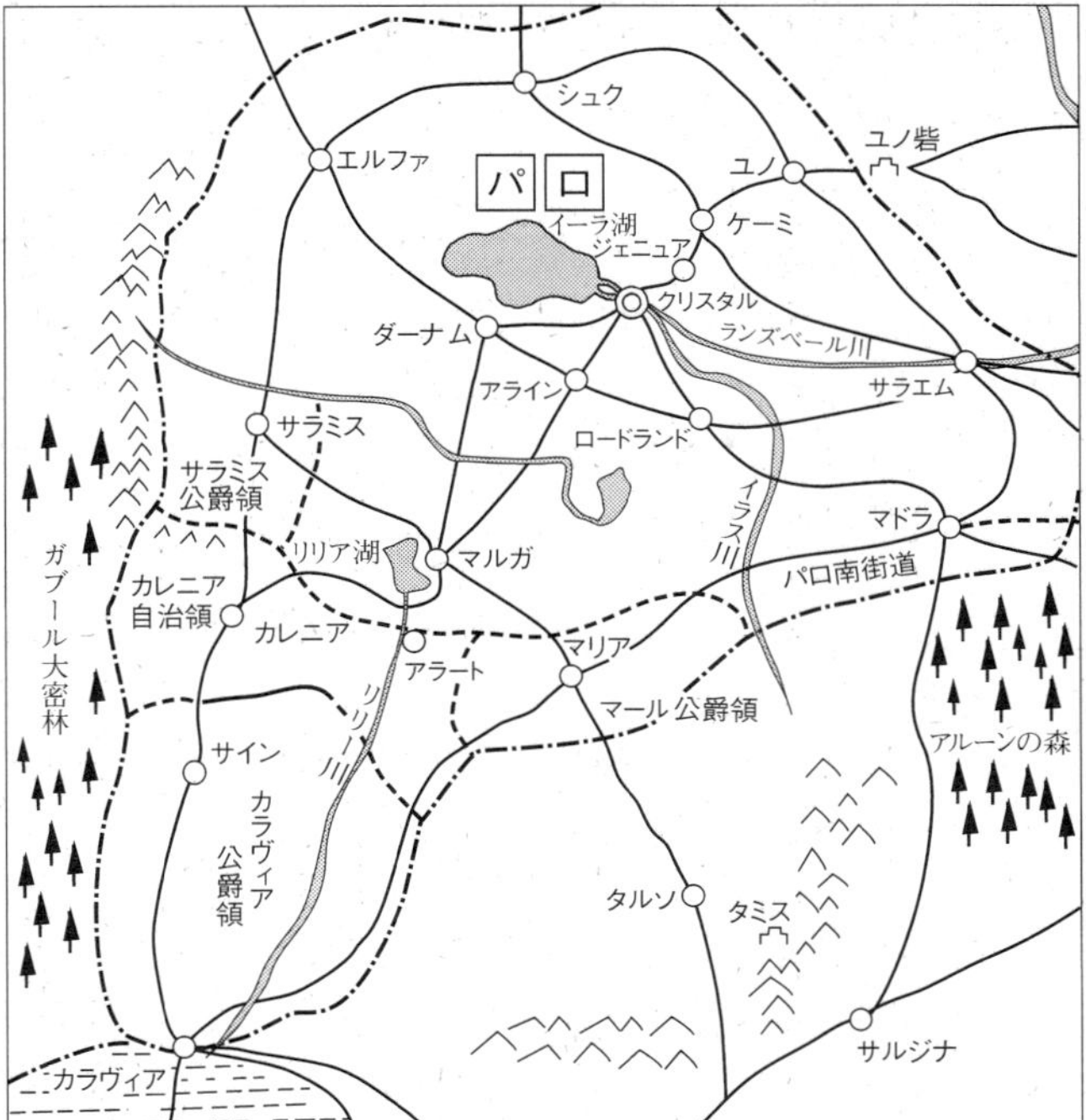
パロ
シュク
エルファ
ユノ砦
ユノ
ケーミ
イーラ湖
ジェニュア
クリスタル
ダーナム
ランズベール川
アライン
サラエム
ロードランド
サラミス
サラミス公爵領
イラス川
マドラ
リリア湖
マルガ
パロ南街道
ガブール大密林
カレニア自治領
カレニア
アラート
マリア
マール公爵領
リリー川
サイン
アルーンの森
カラヴィア公爵領
タルソ
タミス
サルジナ
カラヴィア
チュルファン
ダネイン大湿原
ルート
旧道
ウィレン山脈
サーリスベリ

# 夢魔の王子

登場人物

グイン……………………ケイロニア王
トール……………………ケイロニア黒竜騎士団将軍。グインの副官
ゼノン……………………ケイロニアの千犬将軍
ガウス……………………《竜の歯部隊》隊長。准将
リュース…………………《竜の歯部隊》中隊長
アドロン…………………カラヴィア公
クィラン…………………カラヴィア公騎士団第一隊長
リンダ……………………神聖パロ王妃
スニ………………………セムの少女
ヴァレリウス……………神聖パロの宰相。上級魔道師
ギール……………………魔道師
マリウス…………………吟遊詩人。パロの王子アル・ディーン
イシュトヴァーン………ゴーラ王
ファーン…………………ベック公。パロの武将
アモン……………………パロ王子

# 第一話　雲の明日

# 1

すでにそれは、何かが終わり、そしてあらたに何かが始まった朝であった。

どれほど、悲しみにくれ、もう二度と朝は来ないのかと信じた深い夜であってさえも――どれほど大きな事件がおこり、どれほど重大な出来事がひとびとの心をゆるがした一夜であってさえ、それは時さえたてば必ずあけ、そしてすべてはとどまることさえも知らずに流れてゆく。

時の流れ――

まさに、滔々と流れゆく時の流れほどにも、ひとの思いをこえて流れ続け、決してとどまらぬものはないのだ、ということを、ひとびとに思い知らせるためのように、日はのぼり、日は沈み、そしてまた日はのぼりゆく。

リンダは、動き始めた葬送の行列のなかで、馬車のなかにひっそりと黒いマントとヴエールとに身を包み隠して祈るように手を組み合わせたまま、じっとそのようなことをひたすら考えていた。

まだ、うまくことばにすることはできぬ。だが、それは確かに、彼女のなかにいまようやく根付き、芽生え初めていた、あらたな思いだった。

（ひとは……ひとは時の流れを決してとどめることはできないのだ……）

（そして……どんな大きな《死》も……どんな大きな出来事も悲しみも……いずれは必ず消え去って——時の彼方に流れていってしまうのだわ……）

（あのひとの生でさえも……いつかは遠くなる——追憶のなかに、いまはこれほどにまざまざと生々しく多くのひとの心に傷口をひらき、血を流し、血の涙を流させているけれども……それでも……すべては——）

（ああ、すべてはうつろいゆく。——この世にあるかぎり、ひとももの も、さだめも時も……すべては、うつろってゆく……私もまた……）

（そうだわ……私もまた、いつかはこうして死んで……追憶になってゆくのだわ。そしていつかは、その追憶さえも消滅してゆき——私が存在したというあかしも、私のようなものがいて、いろいろなことがあって……いろいろなことを感じたり、考えたりしていた、という思いもまた……過ぎてゆく。どこにも何のあとかたさえも残さずに……）

（私が生きているかぎりは……ナリスは私の追憶のなかにまざまざと生きている。でも、いずれは私も年老いるだろう。……そして、その私もまた消えてゆく……この世さえも、いつかは……)

(そうよ。そうだわ……そのとき、すべてのひとの思いも、愛も悲しみも生も……妄執もまた……)

(そうなのね……ノスフェラス——失われたカナンの都よ……ナリスはいつもいつも、ひたすら子供のようにノスフェラスに心ひかれていた。……あの失われた都に、あのひとはいったい何の幻影を見ていたのだろう——)

行列は、粛々とパロ中南部の沃野をサラミスにむかって、西へ、西へと進んでいった。

行列、といったところで、その大半は、サラミス公騎士団の隊列である。そして、その騎士団に守られて、ひっそりと黒衣に身をよろった小さな一団——魔道師たち、そして近習たち、リンダの侍女たち、わずかばかりの聖騎士団の騎士たちが、聖王の柩をのせた黒い御座馬車と、それに続いてゆくいくつかの馬車を守っている。

そのうしろにさらに、殉死したものたちの柩をのせた荷馬車が黒い布で包まれて続いてゆく。それには、ひとりの柩にひとつの馬車をあてがう余裕は当然なかったので、ひとつの馬車について、多いものでは五つもの柩がともに積まれていて、上から布をかけてありはしたものの、それが何であるのかをはっきりと知っているひとびとの涙を誘っていた。ルナン聖騎士侯の柩だけは、蓋つきの馬車のなかに安置して、リギア聖騎士伯がつきそっていたのだったが。

きのうの夜、やってきて、あたりを埋め尽くして哀悼の一夜をすごした民衆は、この日、葬列が出発するのを白い花をふりながら見送り、そのままはなれがたいままに、どこまでもどこまでも葬列のあとを慕って平野をついてきていた。馬車は大切な荷物を積んでいることとて、その歩みもいたってのろかったので、徒歩でもついてくるのはそれほど困難なことでもなかった。

黒いヴェールやショールに身をつつんだ女たち、黒い帽子をかぶり、黒いマントをつけた男たちは白い花をうちふり、あるいは神聖パロのシンボルをぬいとった小旗——それはかれらがそれぞれに勝手に作り上げたものだったが——をふりながら、のろのろと、ときたま悲しみの声をあげながら、どこまでもどこまでも、馬車のあとをついて歩いてきた。子供の手をひいた女もいれば、ずっと泣きながら歩いている老婆もいた。かれらには、この葬列は、ひとえに神聖パロの——そしてかれらの愛したクリスタル大公の葬儀の列というだけではなく、このしばらくで失われた、マルガの犠牲者たちすべての魂を送る葬送の列、というようにも思われるらしかった。

魔道師たちはときおり、没薬の粉をまわりにふりまいて、道すじを、葬送の礼儀にならって清めながら歩いていった。宰相であるヴァレリウスはむろん、そのなかには加わらず、ナリスの馬車のなかに、小姓ともどもつきそっていた——その小姓も、おもだった、ナリスが可愛がっていた側近のものたちはみな殉死してしまったので、ヴァレリウスにはほとんど馴染みのない若いものばかりであった。ヴァレリウスは深々と魔道師のマントのフードをおろしたまま、ずっとまじない紐をつまぐり、ようやく落ち着いたように、亡きひとのために祈りをささげながら、馬車にひっそりとゆられていた。

長くのびたその葬列とその野辺を送るひとびとの列とが、ゆたかな美しい緑につつまれた中部パロスの沃野をゆく。――ナリスの愛してやまなかった、そのあたりの風景は美しかった。広葉樹のさまざまな木々がゆたかにしげり、道に影をおとし、風にさやさやと葉ずれの音をたて、光は明るく、悲しみの赤い街道にふりそそいでいる。うらうらとした、ひどくおだやかなうっとりするような天気の一日であった。遠くの湖水がきらきらと輝き、山の端も美しくかがやいていた。色づきはじめた木々もあったし、季節の花々がひっそりと野辺に咲き乱れてもいる。そのなかに点在する、小さな村々の屋根、必ず小さな集落にでもひとつはそなわっている、小さな尖塔の突端が日をうけてきらきら光る。

それは、(なんと、この国は美しいのだろう)という感慨を、旅行者にであれ、ここに生まれ、住み、暮らすひとびとにであれ、必ず起こさせずにはいられないような、なごやかで美しい、平和そのもののような風景であった。サラミス街道は特に風光明媚な一帯として知られていたし、遠くの山々もなだらかに美しく、このあたりはもともと中原の真珠と歌にまでうたわれているパロのなかでも特に美しく、おだやかな、気候の穏やかで景色のいいところだったのである。

その美しい秋の景色のなかを、葬送の隊列は粛然とゆっくりと歩みをすすめてゆく。

その隊列のなかほどの馬車のひとつに、マリウスこと、王子アル・ディーンも喪服によそおいをかえて乗っていた。まだ心も千々に乱れ、これからおのれがどうすべきかもよくわかってはいなかったけれども、それでも、かれの面差しにもまた、なんらかの大きな、そして深い心境の変化がおこったことを示すような、これまでに見られなかった何かが宿っていた。

サラミスへ、サラミスへ――

葬列は、ゆるやかにイラス平野の下部をななめに横切り、山間部をうしろにひかえたサラミス公領へと向かってゆきつつある。サラミスで、仮葬儀がおこなわれ、そしてその場において、神聖パロの運命と、そしてリンダの決意が発表される、ということも明らかにされていた。すでにサラミス公ボースは、この葬列を迎えるべく、この決定がなされると同時に昨夜ひと足先に、夜をついてサラミスへ帰還している。サラミスまでは、ものの半日ばかりの距離だが、この進みかたののろさであれば、朝発っても、到着は夕刻にはなろう。

きょうは一日、葬送の途上ということになりそうであった。事情が事情だけに無駄口をきくものもなく、みな祈りをささげながら、静かに馬をかり、馬車を御してゆく。ときたま、遠くにきらきらと川や湖水が光る——ひとびとはふと目をそれに遊ばせる。

あれが、亡きひとの愛した、リリア湖の青い湖水であろうか——マルガでも、ほどもなくサラミスからの救援物資が到着することが明らかにされたので、もはやぎりぎりの窮地にたたされていた人びともほんの少しだけ、愁眉をひらき、ようやく、このいくさで失った多くのひとびとのとむらいのだんどりを考える気力をも取り戻してきたようだ。だが、まだ、当然のことながら、マルガが往年の活気や美しさや繁栄を取り戻すためには、長い、長い時間がかかるだろう。マルガの被害は甚大であった。戦える年齢の男たちの七割以上を失ったし、残るものも、老人たちまでも負傷したり、衰弱しはてていたりした。建物も多くが焼失され、財産も食べ物のたくわえも、ほとんどがゴーラ軍に没収されている。

それでもなお、マルガのひとびとは、亡きマルガのあるじを慕いながら、なんとかして復興への長い道のりを踏みだそうと健気につとめていた。そして、いつの日か、いまはサラミスに仮埋葬されるであろうかれらのまことのあるじの墓どころとして、マルガにその柩を迎えられるように、というのを心のよりどころに、身をよせあって立ち上がろうとしているのであった。

その、サラミスへむかう隊列——ようやくマルガへの帰路につく人々の列、それをうしろにみて——

もうひとつの、これはたけだけしく荒々しい大勢の隊列が、まっしぐらに、マルガに背をむけ、北上の途についている。

いうまでもなく、それは、ゴーラ王イシュトヴァーンの軍勢——死者をのぞき、負傷者をそのあたりの村にあずけて、編成されなおした二万二千の軍勢であった。

すでに、ケイロニア王グイン率いるケイロニア軍は、それよりずっと早くこの地方をたち、これまた赤い街道を、ダーナムへむけて北上しつつある。人数は多いが、訓練され、鍛え抜かれたケイロニア軍の精鋭たちだ。これだけの大軍にしては非常な速さで、ケイロニア軍はダーナムを目指しつつある。すでにその報は、クリスタルを発ってマルガをめざそうとのろのろと動き出していたレムス軍の側へももたらされているらしく、これはまた対照的に何かともたついていた上に、ナリスの死の報を信じていいものかどうかと迷ったものか、急に動きがとまったという報告が入っていたレムス軍も、その報をうけて、いそぎイーラ湖畔へまわりこみつつある、という報告が、グイン軍にもたらされていた。おそらく、最初の正面衝突は、ダーナム近辺になると見て間違いなかろう。

それに、遅れをとってはならぬ——とばかり、イシュトヴァーン軍もまた、先を急いでいる。出立にはやや手間どって半日ばかりの遅れを生じたが、そのかわりに、意気込みもあらたに英気を養っての出発である。ともかくもグイン軍に合流して、連合軍となってレムス軍にあたり、クリスタルの主権を奪還せんと、ゴーラの旗、ゴーラ王の旗に並べて神聖パロの旗をもおしたて、おのれの目的をはっきりとさせた上での出陣であった。

マルガの奇襲によって大きな被害をもたらされた、神聖パロ側としては、にわかにそう手のひらをくつがえしたようにその助力を喜び迎える、という心境にはとうていなれなかったのも無理はない。また、このような——王の薨去、という悲しい展開を迎えたばかりでもあるし、その死さえも、かなりの部分、ゴーラ王の無法に原因があるではないか、という気持、（ナリス陛下を殺したのは、ゴーラの殺人王イシュトヴァーンだ……）といううらみと憎しみは、どうしても、神聖パロにくみするもの、おのれを神聖パロの臣民であると感ずるものにとっては、ぬぐうことのできない本音である。

イシュトヴァーン軍を見送るパロのひとびとの顔には笑みもなく、また歓呼や助力を感謝する声もなかったが、それはもとより、イシュトヴァーンは気にもとめていなかった。

一夜、悲しい喪の村で明かして、ようやくイシュトヴァーンのほうも、多少気持の整理がついたものと見える。また、イシュトヴァーンが出発にさきだって、ゴーラ軍の全兵士をあつめた上で、この間にイシュタールに起こっていたさまざまな急変のこと——

もとモンゴール大公、ゴーラ王妃アムネリスの死去と、そしてそれとひきかえの、王子ドリアンの誕生、という知らせを告げ、「ともかく、なんでもいいからクリスタルをリンダに取り戻してやって、それから、出来るだけ早くイシュタールに戻るんだ……本当は、まっすぐ戻ってもいいくらいなんだが、それはあまりに不人情だし、いろいろといきさつもあってこうなったんだからな……それに、レムス軍がそう簡単に通してくれるとは思えないしな……」と告げたために、ゴーラ軍の兵士たちも、まだよく飲み込めない部分はあるながら、この遠征にかり出されて以来ずっとひそかに不安に感じてきたことどもの一端が、やっと解決された、というように感じている。

ゴーラ軍の兵士たちのほうは、ずっと、おのれが神聖パロに味方して、クリスタル軍を叩きつぶすためにパロに入ったのだ、と信じて南下していたのだから、それがなぜ、中途から相手が当の神聖パロ政府となり、神聖パロ王アルド・ナリスをマルガに奇襲して陣中に人質としてとらえる、というような展開になったのか、どうしても理解できずにいたのであった。ゴーラ軍兵士はみな、イシュトヴァーンの癇癪や激怒の発作を深く恐れてもいたし、また、その命令に何もいわず従う、ということがほとんど習慣づけられていたから、それでおとなしく従いはしていたものの、かれらどうしのあいだでは、ずいぶんと、これはどういうことなのだろう、これで本当にいいのだろうか、というひそかな取りざたはなされていたのである。

その後、どうやらイシュトヴァーンがあやしげな魔道にかかって本来の目的とするところとは逆の行動に陥れられていたようだ、といううわさを、マルコがちょろちょろと流しておいたために、多少、納得はしていたものの、それだけではやはり得心する、というところまでゆけっこないのは当然であった。なんといっても二万以上もの軍勢が動き、そしてこれだけ大きな被害を出したり、おおごとになってしまっているのである。

それだけに、ようやく、「グイン軍と同盟して、クリスタルのレムス軍と戦い、クリスタルをリンダ王妃に奪還する――」ということがはっきりとイシュトヴァーン自身の口から告げられて、また、それが勝利に終われば首尾よくゴーラへ凱旋できるのだ、と知らされて、ゴーラ軍の全兵士たちはあたかもよみがえったような喜びを味わっていたのであった。

（ようやく、くにに帰れる……）

（それも勝ち戦でだ……グイン軍とゴーラ軍がいま、同盟を結んで敵にあたったら、かなう相手など、世界じゅう探してもいやしない……）

（もうじきだ。……次のまつりには、国に帰って家のものたちと一緒にいられる……）

これまで、かれらとしては、何ひとつ得心のゆかぬままに、ただひたすらイシュトヴァーンへのおぼつかぬ忠誠と、そしてイシュトヴァーンの恐ろしさばかりでついてきたようなものであったから、これは本当にゴーラの兵士たちにとっては、夜があけてまわりがすべて見通せるようになった、ほどの喜びであった。

その喜びがかれらに力をあたえ、長い苦しい、そして迂余曲折多い遠征のはてではあったが、ゴーラ軍の意気は、それこそイシュタールを勇躍あとにしたときと同じほどにまであがっている。何よりもやはり、（終わりが近いのだ……）ということが、長い苦しい旅にたえてきたかれらの目を輝かせ、泥だらけ、ほこりだらけ、傷だらけになったかれらをようやく生き生きとよみがえらせている。

「そうだ……グイン軍と合流するんだ」

イシュトヴァーンはいやが上にもかれらをあおりたてるよう気を付けた。

「うっかり、あいだにレムス軍に入られてしまったら——うまく連絡がとれてグイン軍とはさみうちにできればいいが、レムス軍はけったいな魔道を使う。もしもそれであいだを切られてしまうと——まあ、レムス軍は軍隊そのものとしてはまったくの弱体だ。間違っても勇猛なゴーラ軍が遅れをとる心配などないが、しかし魔道でいろいろ誤魔化されたりするとやっかいなことになるからな……ともかく、早く、一刻も早くグイン軍と合流するのが一番いいんだ」

すでに、ゴーラ軍も、グインひきいるケイロニアの精鋭、黒竜騎士団やグインの親衛隊、《竜の歯部隊》の戦いぶりをその目で見、そのからだで味わっている。

それが文字どおり、いまや世界一の軍隊である、ということを、残念ながら誰もが認めざるをえない、ということで、ゴーラ軍の勇者たちの考えも一致している。ひとりひとりをとれば、若く勇猛なゴーラ軍の兵士にも充分に勝ち目はあろうが、何をいうにも、ケイロニア軍の精鋭は、鍛えられかたが違う。団体行動のとりかた、いっせいに命令に従って動く展開のすばやさ、たくみさ、正確さにおいて、あまりにも他の軍隊と差がありすぎるのだ。それが、実際のひとりひとりの勇猛度の何倍も、ケイロニア軍を力ある軍隊にしている。

（だが——俺たちだって……）

その、ケイロニア軍の勇猛ぶり、鍛えぶりを見たことが、若いゴーラの兵士たちにとってもまた、かなりの刺激にもなり、はげみにもなっているようであった。

それに、くだらぬことであったが重要な事実として、ずっと、破壊されつくしたマルガで、ろくな食料もなく、不安にすごしていたかれらに、サラミスからの食料がふんだんに提供され、一日二日ではあったがゆっくりとからだをやすめることが出来——いまや、鞍袋にはたっぷりと持参の食料がおさまっている、ということも、かれらの意気をいやが上にもたかめている。

レムス軍ならば、すでにこぜりあいでぶつかってもいたし、それがまったく恐るるに足らぬ弱敵であることも知っている。それをとにかくたいらげ、国に戻る、という大きな希望が目のまえにあらわれて、ゴーラ軍は、いよいよ意気さかんであった。

サラミス街道をサラミスにむかう、葬送の一隊が、ひっそりと黒衣に身をつつみ、没薬で道を清めつつ、ひそやかに、しめやかに北西をさしてゆくのとまったく対照的に、北をめざして一直線に赤い街道を行軍してゆく、ゴーラ軍はきわめてにぎやかで、元気である。——といったところで、すでにグイン軍のその訓練のされぶりをみているので、対抗したい気持もあり、それこそ野盗の群れのように大騒ぎしたりするものはまったくなくなっていたが、それでも、おさえきれぬ喜びと希望が、かれらの足どりを軽くしている。

「申し上げます。グイン王率いるケイロニア軍はすでにミラ川のほとりに達し、まもなくミラ大橋を渡って、ルカにとどまることなくダーナムを目指して北上中とのことであります」

「申し上げます。……クリスタル近郊で、アルド・ナリス陛下の死去の報の真偽確認を待っていたとみられるレムス軍は、どうやらアルド・ナリス死去を事実と最終的に確認したらしく、同時にケイロニア、ゴーラ両軍がクリスタル奪還のため北上開始、との報を得たらしく、周辺にいろいろと派遣していた各部隊をすべてクリスタルの南側に集結させ、あらたな展開の動きを見せはじめております」

「申し上げます。——子息アドリアン子爵を人質にとられたまま、交渉難航のため動きのとれぬ状態にあったと見られる、カラヴィア公アドロンの軍隊三万五千が、半数をクリスタル北郊外に、残る半分をクリスタルの南側から南下できる位置へと移動を開始したということであります。同時に、カラヴィア公アドロンからの親書がケイロニア王グイン陛下、そして神聖パロ女王としてのリンダ陛下あてに届けられたという知らせが、グイン陛下の伝令より参っておりますので、おそらくカラヴィア公は、グイン軍と合流してクリスタル奪還戦に参加したいとの意向を明らかにされたものとみられます」

もっとも、あくまでも、大切なあとつぎのアドリアン子爵はクリスタル・パレス内にあり、その安否が不明のままである。最終的にクリスタルに敵対することを明らかにした場合には、その子爵の生死にもかかわりかねないし、また、クリスタルに攻め入るについても、アドリアン子爵の運命を第一に案じるカラヴィア公軍とでは、他の軍は目的が明確に違う。なかなか、カラヴィア公軍は動きが難しいところなのだろう。だが、これまで、ずっとそれで動きがとれぬまま立ち往生のようになっていたカラヴィア公軍がようやく動きを再開した、というのは、グイン軍とゴーラ軍の同盟軍の前に、おそらくはレムス軍が今度こそ完全に破れるだろう、との見通しを持ったのにちがいなかった。

あちこちで、いっせいに軍勢が動きはじめている。――同時に、神聖パロの残党たちも、カレニア衛兵隊の数少ない生存者や、クリスタル義勇軍の生き残り、またルナン聖騎士侯騎士団やダルカン騎士団など、指揮者を失ったものたちが、ナリスの追悼のために集まったまま、それぞれに仲間をかたらい、それがあっという間にひとつにまとまって、「神聖パロ義勇軍」を名乗ってグイン軍に追随すべく、マルガの北から進軍を開始した、という知らせも入った。それはおそらくはもう、サラミスに入って葬儀の手伝いをするよりは、せめて神聖パロのさいごの一軍となってレムス軍に一矢でもよいからむくいてやろうと志したものたちであっただろう。神聖パロ側の最後のおもだった武将としての生存者であるワリス聖騎士侯がかれらをとりまとめ、その数およそ千五百人ほどで、あえてゴーラ軍と合流することを避けてやや脇街道にそれ、独自のルートでケイロニア軍との合流を願って出発した、という知らせもまた、入ってきた。それが、アルド・ナリスの旗印のもとに集結した謀反の義勇軍《神聖パロ》の、本当のさいごの残党であった。

だが、イシュトヴァーンのほうは、そのような小人数の部隊には目もくれなかった。彼の目的はただひとつ、《クリスタル》にしぼられている。ここで、クリスタル奪還、レムス軍撃破におおいに功績があれば、それをたてにとってケイロニアに、ゴーラの存在と力を認めさせ、ひいては国際社会にようやく、新興ゴーラという国家を認識させることも可能になるかもしれぬ。国元ではモンゴール大公であるアムネリス王妃の自殺、という大きな事件が勃発している現在、このまま放置しておけば、ゴーラ国内もまた、アムネリスの無念を晴らせ、という名目のもとに、モンゴールの残党からの大きなまきかえし攻撃が開始されるかもしれず、そうなれば、イシュトヴァーンが国際社会にゴーラ王国を認知させ得たかどうか、ことに大国ケイロニアのうしろだてを得たかどうか、がたいへんな分かれ道になるだろう。それによって、ゴーラそのもの、ゴーラの僭王イシュトヴァーンの命運もまた決するかもしれないのだ。イシュトヴァーンにとってもまた、これは、死にものぐるいで勝利を得なくてはならぬ、大きないくさ場であった。

## 2

「陛下」

伝令が、走り込んできて膝をつく。すでにもう、陣中のものたちにとってはもっとも見慣れた光景だ。

「ご報告であります。——クリスタル周辺各地に展開していた国王騎士団、聖王騎士団、クリスタル騎士団など各部隊をすべて呼び戻し、クリスタル市郊外南部に集結させたレムス軍は、総勢七万の大軍となり、残りをクリスタル防衛に、クリスタル・パレス周辺に防衛線を張らせておいて、いよいよ出陣の動きを見せております。——動きとしては、まず、レムス王自らが率いる本隊三万がジェニュアよりロバン方向へ移動を開始。そして、それより先に、ベック聖騎士公率いる二万が先鋒としてダーナムを目指す動きをみせ、さらにタラント聖騎士侯率いる、タラント侯騎士団一万を含む二万が脇街道から、両部隊の中間地点をめざしているようであります」

「ふむ」

「ヴァレリウス宰相派遣の魔道師部隊の斥候の結果では、ただいまのところは、どの軍にも、かの竜頭の怪物の部隊、あるいはあの怪物そのもののすがたは一人も見られぬようである、ということでございました。ただし、『かれらは通常の人間と見せかけてさいごにそのすがたをあらわす可能性もありますので、それについては油断なさいませんよう』という但し書きがついておりました」

「わかっている。それはまさにそのとおりだ」

「また、キタイの兵士と見られる部隊は見あたらず、いずれの部隊もすべてパロの聖王旗と旗印、パロ聖王国の紋章をつけた鎧かぶとを着用しております、とのことでございます。特に異様な動きを見せていたり、異様な外見をしている部隊は見あたらない、ということで……」

「それはそうだろうさ」

グインは、苦笑して、かたわらに馬を並べてつきしたがっていたガウス准将に云った。

「いくらなんでも、あの竜頭の怪物をおしたてて国内を行進させていったら、それこそ、我々の告発の根拠をパロ国内じゅうにまきちらしているようなものだ。——それに、おそらく、俺がいったとおり、現在のところ、ほぼ完全にキタイ王の関心は国内の内乱に向かっている。——というよりもおそらく……」

「は……?」

「これは、俺の想像だがな」

グインは、かぶとも王冠もつけず、艶やかな豹頭をむきだしにしたまま、行軍用のえりに毛皮のついた革マントを着て、巨大な草原の愛馬にうちまたがっていた。赤い街道はこのあたりもまだ、いくさが近い、などということはまったく感じさせせぬふうにうらうらとよい天気で、黄金色のガティ麦の畑が左右に見渡すかぎりひろがっている。その向こうには、美しい実にさまざまな色あいの緑をときまぜたような森と林、そして山々がひろがり、その上にやわらかな青紫色の空がある。

「はあ……」

「これはまったくただの俺の推測にすぎぬので、俺としてはあまりそれに重きをおきすぎぬよう注意したいところだが——ヤンダル・ゾッグは、レムスをいったん見捨てたのではないか、という気がしてならん」

「は……？　まさか、そんな……」

「だから、俺の推測にすぎんといっているだろう。——というか、中原をいったんひき退く、中原征服の計画を後日に送った、というべきかな。もしそうであれば、俺としてはまことに助かるのだから、あまり希望的観測に走りすぎぬようにしなくてはならんのだが、俺としてはどうも、そのような感じがしてならぬ」

「それはまた……」

今日は、また、おのれの部隊は副将にまかせ、敬愛する国王の、ガウスとは反対側に馬を並べて、ともに進むいっときを楽しんでいたアトキアのトール将軍が口をはさんだ。

「そうであればまことによいことですが……」

「ナリスどのの死はおそらく、きわめて大きな影響を中原に与えたし――それは、日をおうに従って大きくなってくると俺には思える。――だが、最大のものは、ナリスどのの死去によって、キタイの竜王が、中原を、ことにパロをどうあっても入手したいと思っていた、最大の動機を失った、ということだよ」

「はあ……」

「竜王の最大の目的というのは、クリスタル・パレスの古代機械と、そしてそれの支配者としてのアルド・ナリス、その二つを手にいれて、中原とキタイ、そしてキタイとおそらくは竜王の先祖のやってきた異世界との自由自在な交通手段を手にいれることだった。いま、だが、ナリスどのの死去によって、竜王は大きな目的のひとつを永久に手にいれるすべを失った。――すでに古代機械はクリスタル・パレスにあり、そのクリスタル・パレスがレムスの制圧下にあったからには、古代機械そのものは、竜王がおのが手にしていたといっていいはずだったのだが、それであれだけ、竜王がナリスどのの身柄を手にいれることに焦っていたというのは――俺には理解できるのだが、古代機械が、きわめて精巧な自衛装置をもったものであるゆえ、その機械が《マスター》と認めたただひとりの存在がなくては、まったくそれを操作したり、研究するどころか、近づくことさえもかなわなかったからだと思う。それゆえ、クリスタル・パレスごと古代機械を手にいれてみたあとで、竜王は、ナリスどのがいなくては、まったくその古代機械を持っている意味がないということに気づいて、ナリスどのの拘束に焦ったのだろう。――だが、結局のところ、それはついに無駄に終わり、ナリスどのは永遠に竜王を出し抜いた、ということにもなるかな」

「はあ……」

「それゆえ、竜王の、中原、およびパロへの関心は、著しく激減した、と俺は考えているのだよ。――竜王としては、むしろ、こののちは、ノスフェラス――そして肝心かなめのキタイの統一があやしくなっているというおひざもとの事情のほうに、全精力をそそぎたい――レムスの事情など、知ったことか、ということではないのかな」

「だとしたら、とんだ災難ですね、レムス王も。――キタイのうしろだてなしでは、あの軍隊ではどうにもなりますまい」

とトール。

「それは、だが、ケイロニアやゴーラのうしろだてなしでは、神聖パロの残党もどうにもならぬのだから同じことさ」

悠然とグインは云った。

「まあ、それゆえ、レムスも、ここでとにかくあるていどの決着をつけておかねばということで総力戦のかまえに出たのだろうがな。他にもおそらくこうなるだろうと思っていることもあるが、まあそれはそうなったときでよかろう」

「キタイの竜王の脅威は、ナリス陛下の死去で、本当に中原からすべて払われたのですか」

まぶしそうにガウスがいう。グインは低く笑った。

「こののち、もしも、彼がまた中原をつけねらうとすると、今度はパロではなく、狙われるのはケイロニアだろうよ。それだけは確かなことだ」

「な、なんですと」

トールが仰天して叫んだ。ガウスも驚いて見つめる。やりとりの大半はききとれぬながら、まわりのケイロニア騎士たちも気にしてこちらを眺めている。グインはますます笑った。

「そ、それは何故です。なんだって、この次は、キタイの竜王が中原をねらうとするとパロではなくてわがケイロニアなんです」

「俺がいるからだよ」

グインは落ち着き払って答えた。が、それ以上は、何も説明しようとしなかったので、それは、トールやガウスたちには、気がかりをいや増したばかりで、ちっとも、腑に落ちる話にはならなかった。

だが、かれらは、グインがこのような言い方をするときには、つっこんであれこれ聞きほじろうとしたところで、何も教えてはくれないし、きいたところで何にもならぬのだ、ということをすでに経験上よくわきまえていたので、それでぐっとこらえて、もう何も云わなかった。グインは心地よさそうに、うらうらと陽射しのあたたかい街道の騎乗を楽しんでいるように見えた。

かれらはほとんど長い休憩もとらずにひたすら赤い街道を北上していったが、ようやく、午後になって、グインの口から、「小休止」の命令が発せられた。ただちに全軍がすみやかに停止する。大人数にもかかわらず、その動きは鮮やかなものだ。

「やや遅めだが昼の食事をとり、夕方の行軍にそなえよ。――今夜はダーナム南部を目指し、そこに夜営する。すでにそこはレムス・パロの勢力圏内、またレムス軍もクリスタルをいくつかの部隊にわけて出立し、どのような動きをとってくるかわからぬ。すでに戦場にあるところろえ、休止中も夜営中も夢油断すまじきこと。いいな。そのように各隊長に伝えよ」

「かしこまりましたッ！」

ただちに、いっせいに何十人もの伝令がそれぞれの受け持ちの部隊めざして飛び出してゆく。そのきびきびとした動作自体が、ケイロニア軍の生命線そのものだ。

軍隊は停止し、ただちに小休止と軽食の準備にかかる。うらうらとイラス平野のおだやかな午後があたりにひろがっている。もう、このへんから先には、戦火が近づいている、といううわさが流れてもいるのだろう。本来ならばそろそろガティ麦の収穫に入る季節でもあるが、そのおだやかでゆたかな風景とはうらはらに、どこにも、農作業にはげむ農民たちの姿は見えない。みな、戦さにまきこまれることを恐れて避難してしまったのだろう。むろん、街道筋にも、平生であればこのパロの国内を南北に太く結んでいる街道はパロの大動脈のようなものである。たくさんの、ダネインからクリスタルを経てさらにケイロニアのほうへ向かうもの、逆に、ワルスタットから下ってきたり、アルセイスのほうから入ってきて南下していってカラヴィアからはるか遠く草原、沿海州へまでも向かうものなど、荷馬車、隊商の群れなどがひきもきらない一大貿易路であるはずだ。また、このあたりだと、いつもならミロクの巡礼、また沿海州や草原にむかう旅人、帰る者、などもたくさん往復しているはずだが、そういう一般の旅行者のすがたも、ぴたりとかげをひそめてしまっているのが、いかにも、迫り来る巨大ないくさを思わせる。

神聖パロがどのように波乱をパロに巻き起こしたとはいえ、それはしょせん、パロ一国の国内の内乱にすぎぬこと——大きさも、被害の範囲も、あくまでも一国内のものにとどまっている。だが、二つもの国家が派遣した大軍がからんでの激突となれば、もはや立派な大いくさである。

「陛下」

ようやく馬からおりて、かんたんな食事をしたため、手足をのばして、やれやれと休んでいる本陣のまんなかに、たちまちまた、息つくひまもなく、という感じで伝令がとんでくる。こんどの伝令は、神聖パロがケイロニアに協力させている魔道師伝令部隊のものであった。黒い魔道師のマントがひらりと、うららかな黄金色のパロスの平野の午後にひるがえり、不吉なガーガーのようなすがたを見せる。

「サイロンよりのご報告がございましたのでお持ちいたしました。——陛下よりの経過報告を受けて、宰相ランゴバルド侯ハゾス閣下は長老選帝侯諸侯とはかり、またアキレウス皇帝陛下のご許可を得て、あらたな援軍をサルデス国境よりグイン軍に合流させることを決定、あらたに巨象騎士団二千、飛燕騎士団の交替要員二千、そして補給部隊五千及び、国境地帯に待機しておりましたサルデス騎士団五千及び白蛇騎士団四千、合計一万八千を進発させせました。——サルデス騎士団は国境地帯で待機しておりましたので遅くとも二日後にはパロ領内へ、そして他の、サイロンより進発した部隊はおそらく十日ほどで到着するものと思われます。——また、それでは間に合わぬ場合にそなえて、ワルスタット騎士団も国境地帯のワルド城へ集結を開始しました」

「なるほど」

グインはあまり感じ入ったようすもなかった。

「なに、そこまで援軍を貰うほどのことではないとは思うがな。が、まあ、用心にこしたことはなかろう。——サルデス侯もずっと待機していていただいたので、そろそろ動かれたほうがいいだろう。——わかった。ありがたくお待ちするゆえ、今後の展開の報告とこちらからの指示にしたがって動いていただきたいと、サルデス侯、及び援軍の司令官に連絡しておいてくれ。援軍の司令官は？」

「巨象将軍ホルムシウス閣下でございます」

「これは、大長老おん自らご出馬とはかたじけない。あまりご無理をなさらず、あまりに先を急ぎすぎることなきようとお伝えしろ。ホルムシウス将軍はご高齢でおられるからな」

「かしこまりました、そのように申し上げるでございましょう」

「こういっては何だが、神聖パロはともかく、パロ魔道師部隊というものはこれはなかなか、有難い援軍だな」

グインは笑いながら、また左右の床几にかけて陪食をとっていたガウスとトールをかえりみた。

「これほどの速さで伝令が届き、また送り込める——本国との連絡がこれほどの速度でかわせるというのは、残念ながらこちらがどれほど伝令網を整備しても、到達することはできなかった、魔道師ならではの得意技だ。――それに、確実だし、おまけにあいだに敵軍が陣をはっていても何の支障もなく連絡ができる。――パロの軍隊が、なぜこれほどの大きな利点をもっともっと自在に駆使しようと思わなかったのか、俺にはわからぬが――まあ、さいわいといえるかもしれんがな。万一にも、同じだけの利点を、ケイロニアなり、ゴーラなりがもつことになり、そしてそれをさらに、悪しき野望に使いでもしたら、大変なことになってしまっただろうからな。――その意味では、キタイがしようとしていたことが、ややそれに近いと俺は思うが。だからこそ、キタイは何があろうと中原から撤退させねばならぬ、と俺は思ったのだが」

「私はきっすいのケイロニア人のせいか、どうもなんだか、いまだにウサンくさく思われていけませんね」

アトキアのトールは肩をすくめてもらした。

「確かにまことに便利だとは思いますが――魔道師だの、魔道だの、《閉じた空間》だの、といわれても……なんだか、眉唾と申しましょうかねえ。どういう理論でこういうことが出来るのか、どうして、こういう力をもつに至るのか……もとは同じ人間なわけでしょうから、どうもそこが気にくわないですな。いや、気にくわないといっては申し訳ないが。どうも、味方であっても、もうひとつうす気味が悪く思われてなりませんが……まあこれが敵だったらえらいことだ、というのはわかりますけれども」

「お前らしい言いぐさだがな、トール」

グインは声を立てて笑った。そのようすだけみていれば、これからまさに近々にいくさをひかえた軍勢の本陣、その中核の総指揮官たちの談笑とも思えぬような、むしろなごやかな、おだやかな空気しか漂ってはおらぬように見えた。

「しかしこのさき、魔道というものは、もっともっと世界を席捲することになってゆくと俺は思うぞ。というより、これまで、どうして魔道というものがこの程度のものでとどまっていたのか、が俺には不思議でならん。——結局のところ、魔道師ギルドがかなりしっかりと、魔道十二条において魔道師たちを縛っていたからこそ、この世界の秩序がかろうじて守られ、成立していたのだと云わねばならんだろう。その気になれば魔道師たちは、ひとりでも、神聖パロの何倍もこの世界の秩序安寧をかき乱し、大混乱におとしいれることができたのだからな。それを思うと、魔道師ギルドが成立し、白魔道師が黒魔道を圧していられたのはまことに幸運だったというしかない。だが、それも——結局キタイ王のようなものが登場して、おおいにこの魔道師の世界での秩序と良俗と常識とがかき乱された、ということだろう。このさきはどうなるかわからぬぞ——そうなればなるほど、ますます、ある程度の魔道の知識は、王者たろうと望むものには不可欠になってくるだろうな」

「まさか、陛下は、魔道の修業をされようなんどとおおせ出すわけじゃあないでしょうな」

トールはあきれて、昔馴染みの心やすだてにいった。ガウスが驚いたように笑い出す。

「ま、まさか、いくら陛下といえども」

「いや、冗談ばかりとも思えない、このかたは、本当に、他の人間なら絶対に考えないようなことばかり考えつくかただからな。――俺はもうこの豹陛下に関するかぎりは、何がおこったとしても驚かないことにしているんだ、ガウス准将」

「そういうものでありますかねえ」

すっかり感心して《竜の歯部隊》の隊長は云った。グインはただ笑っているばかりであったが。


小休止があっという間に終わると、たちまちまた、兵士たちは後かたづけを一瞬にすませ、騎士たちは馬上の人となり、歩兵たちはそれにつき従う用意をする。兵糧や武具の予備などの荷物をのせたいくつかの荷馬車のひき棒がまた、馬にとりつけられ、人々は立ち上がってマントをつけ、剣をつけなおす。まだ、うららかな午後ではあったが、だいぶん日は山の端にかげりをみせはじめ、空気にもいくぶんひんやりしたものが混じりはじめている。

「陛下。――ゴーラ王イシュトヴァーンどのよりの早馬が参っております。たんなるご報告ということでしたのでかわりに祐筆がうけたまわりましたが、ゴーラ王イシュトヴァーンどのひきいるゴーラ軍はただいま順調に赤い街道をケイロニア軍のあとを追って北上中、今夜半には追いつけると思うので、野営地をあらかじめご連絡あれ、ということでございました」

「ふむ。――まだ、ダーナムの南側としか決定していないが、決まりしだいお伝えの伝令は出すとお答えしておけ。――が、まあ場合によっては……ダーナムの南にはとどまれぬことになるかもしれんな」

「なんですと」

あわててトールがグインの顔をみる。グインは首をふった。

「もう、ここは戦地のまっただなかだということは覚えておかなくてはならぬ、ということだ。――夜営といっても、交替に食事をとり、休息をとり、ちゃんと天幕をはって休める状態の夜営ではない、と思っておいてもらったほうがよろしかろう。今夜はとりあえず、相手の出ようを見ることになろうが――俺の思ったとおりなら……」

グインはまた、その先を云わなかった。

が、その夜のうちにすでに、もう、ケイロニア軍のものたちは、グインがあえて続けなかったその先を、その身をもって知ることになった。

グイン軍は順調に北上を続け、そして、そろそろ、夜営の命令が下るか――と隊長たちが心構えをしはじめていた、夕暮れどきであった。

「陛下！　陛下ッ！」

グインのもとにかけこんできた伝令が告げた知らせは、予想外の展開を示すものであった。

「大変です。――レムス軍の先鋒と見られるおよそ二万前後の大軍が、この先五モータッドばかりの街道の交差路の右側から――」

「やはりな」

グインは落ち着いていた。

「うかつに、大変です、というような感情的なことばを先立てて報告をしてはならぬ、といつも申しつけているだろう。――大変かどうかはこちらで決める。よかろう、伝令班」

「は！」

「ただちに、先鋒にたつゼノン将軍に停止、応戦準備の指示を出せ。――陣形はとりあえず右から入ってくるようすということゆえ、ケイロンのまさかりの第二陣形をとれと伝えよ。――その後、トール」

「はッ！」

「後方から援護せよ。三千ほどひきいて待機し、ゼノン軍の戦況しだいで参入せよ。ただし、最初から参入するな。様子を見つつ、参戦の用意をおこたらずにいろ。参戦の時期についてはこちらから指示を出す」

「かしこまりましたッ」

トールはたちまち馬に飛び乗り、おのれの部隊にむかって走り去った。ガウスが腰を浮かせるのへ、グインは首をふった。

「《竜の歯部隊》はまだだ。相手はレムス軍だが、キタイの援護なしでどのように戦うのか、いったんこちらも様子を確認したい。――伝令、レムス軍先鋒軍を率いる武将は旗じるしで誰だかわかるか」

「は。おそらく、ベック公かと思われますが」

「ベック公か」

グインはうなづいた。

「一応、現在のレムス・パロでは最大の武将とされているはずだな。ならば、よかろう。ここでかるく矛を合わせてみれば、相手の手の内が少し見えてくるだろう。――ただし、武将としてのレムスがいったいどのような采配をふるうものかは、俺にもあまり請け合えぬ。当然のことながら、相手を甘くみるな、あなどるな。慎重に、しかし恐れずに兵を展開しろとゼノンに伝令を頼む」

「かしこまりましたッ！」

「ガウス」

「はッ！」

「俺もちと様子を見に出よう。――《竜の歯部隊》からとりあえず百ほど選んでくれ。俺の身辺を固めてともに出ろ。――ゼノンにはまだ云うな。それから、魔道師部隊から十名ほど、いれかわりで伝令を受けたり、状況を把握したり、伝令を伝令班に伝えるために俺についてきてくれ」

「かしこまりました」

「レムスも、われわれがダーナムに落ち着くまでは様子見をするかと思っていたが、あちらからつっかけてきたのは、待ちきれなかったか、それとも何かこのさきもっとたくらみがあるかだ。――いずれにもせよ、このあたりの地理についてはレムス軍のほうが詳しいには決まっている。こちらは赤い街道を死守し、あくまでも、うかつな追撃や深入りはなしだ。赤い街道をとりあえずの防衛線と心得て動け、これもゼノンと、それからトールに伝令だ」

「はッ！」

「よし、ゆくぞ。――ガウス、お前は残って全体の戦況を見よ。俺についてくる《竜の歯部隊》は――そうだな、若いのがいたな。リュース中隊長か、お前が率いてみよ」

「はッ！　こ、光栄でありますッ！」

抜擢された若い隊長はたちまち顔を真っ赤に染めた。ガウスはちょっとうらやましそうな顔でそれを見た。

「よし。ではついてこい。——魔道師部隊は準備が出来次第合流してくれ。ではゆくぞ、まずは、レムス軍のお手並み拝見だ。——小姓、馬を！　最前線に出るぞ、重装備だ。それと剣を！」

# 3

世界のあちこちに、それぞれに、戦火がふたたびまきおころうとしている――

その知らせは、刻々、魔道師たちの報告を通じて、かれらにも届いている。

だが、いま――

かれらは、すでに、中原の運命を決するかもしれぬたたかいから、遠くはなれたところにいた。

距離としてはさほど遠いわけではない。むしろ、戦場でいったん事がおこれば、ただちにこちらへもその波がふりかかってくるような、ごく近い場所ではある。だが、距離よりも、すでに、かれらの心そのものが、すべてのそうした事柄から、遠く離れてしまっていたのかもしれぬ。

グインたちの軍が、まさにレムス軍との最初の激突に入ろうとしていた、その同じころ。

ひっそりとサラミスをめざす神聖パロの葬列もまた、ひそやかにリリア湖畔をはなれ、そろそろサラミス公領のはずれへとさしかかりはじめていた。

「このあたりで、少々、休憩をとられてはーーさぞかしお疲れのことであろうと、宰相閣下がおっしゃっておられます」

小姓が、報告にやってきた。リンダは馬車の窓から、かろくうなづいた。

「私は平気だけれど……さきをいそぐ旅でもなし、いいわ。そうして下さいと宰相に申し上げておくれ」

「かしこまりました」

小姓は丁重に一揖して去ってゆく。それを見送って、ふっとリンダは吐息をもらした。

「疲れた……どうなのかしらね、スニ。……私もう、なんだか、疲れているのか、そうでないのかも、よくわからなくなってしまったわ。……疲れているというよりも、そういうことを感じる気持が、死に絶えてしまったような感じなの」

「姫さま、それ、駄目」

心配そうにスニがいう。スニも黒い小さなお仕着せの喪服をまとい、ちょこまかとかたときもリンダのそばをはなれないで世話をやいている。

「それに、さっきも、姫さま、ごはん、あんまり食べなかったよ。……食べないと駄目、ちょっとスニ、何か姫さまの食べるものもらってくるよ」

「食べ物は……いいわ。もう、どちらにしても……遅くとも夜にはサラミスか、すくなくともその郊外にはつけるのだから」

早馬をとばせば、マルガからサラミスは半日とはかからぬ近くである。

だが、いくつもの柩をのせた馬車をまんなかにして、粛々と速度のあがらぬこの葬列では、とても明るいうちには到着はできぬ。

サラミスからも迎えの手勢が出されているようであったが、それともまだ合流せぬままに、葬列はきわめてのろのろとイラス平野を進んでいる。そのうしろに、だんだんふくれあがってゆく地のものたちが、黒いヴェールをまとい、男たちは黒い喪章をつけて、いつまでもその葬列を慕ってゆく。

「夢だわ……何もかも夢……」

リンダがふっとつぶやいたときだった。

「陛下」

馬車の、窓の下をかるく叩く音がきこえて、リンダは、またカーテンをかるくあけて窓から顔をのぞかせた。ヴァレリウスが立っていた。

「ああ、ご苦労様」

「あちらに、天幕を用意してございますので、ちょっとおみ足をおのばし下さい。だいぶ、お疲れになりましたでしょう」

「ありがとう。……もう、どのあたりまできたの？」

「ただいま、サラミス城から三十モータッドばかりの、ユーラという小さな集落をぬけたところです」

「ユーラ。……きかない名前だわ」

「このあたりには、五十戸ほどしかない小さな集落が、けっこうたくさんございますから」

ヴァレリウスは丁重にうながした。

「そちらに、お茶のご用意がございますから。……すでに、アル・ディーン殿下もそちらでおやすみになっておいでで」

「そう。……あなたこそ、休まないと。もうずっと休んでいないのじゃないの、あれ……あれ以来」

「大丈夫です」

にぶい声で、何の感情もないかのようにヴァレリウスは云った。

「私はちゃんと休ませていただいております。……さ、そちらへ」

「有難う」

リンダは、侍女たちに助けられて馬車からおりた。

確かにこのところ心痛が続き、体力がずいぶんといためつけられているのだろう。馬車はゆったりとした、クッションもふんだんにいれた上等のものではあったが、それから地面におりて足をのばすと、全身がぎしぎしときしむような感じがあった。リンダは思わず、深い溜息をもらした。スニが小さな手をさしのべる。

「有難う、大丈夫よ。……ああ、ほんとに、歩くとなんだかからだがほっとするわ」

リンダは、侍女と小姓におしつつまれるようにして、ヴァレリウスが指し示した天幕のなかに入っていった。臨時に、街道ばたの草の上に用意されたものではあったが、ヴァレリウスの心づくしで下にはじゅうたんをしき、低いテーブルをおいて、すでにそこにお茶の用意と軽食の用意もできていた。そこに、椅子にかけて、黒いフード付きのマントに身をつつんだマリウスが座っていた。

リンダはかろく会釈して、そのむかいの椅子にかけた。マリウスはなんとなく落ち着かぬ様子でリンダを見たが、そのまままたおもてをふせてそっと、すでに配られていた熱いカラム水をすすった。すぐにリンダの前にも、カラム水の杯がおかれる。リンダは、ほっと息をもらしてそれをすすった。

「なんだか、思いがけないほど力がつくわ」

彼女は吐息のようにもらした。

「熱くて……まるで命の飲み物という感じがしますわ、ディーンさま。……ほっとしますわね」

「ええ……」

マリウスは、なんとなく、この、義姉でもあるいとこに、どういうふうにふるまっていいものか、よくわからないようすでもある。

どちらにせよ、二人のあいだにはほとんど接点はなかった。大人になってからことばらしいことばをかわす機会もまったくなく、互いにほぼ初対面といってもいい。いや、初対面はナリスの喪の柩の前であったから、正確にはこれが二度目の体面であった。

「夫は、カラム水というものはうんと熱くして、そして甘くして、かおりづけの香料まで入れて飲むのが好きでしたの」

リンダはかすかに笑った。そして、ふくいくたるカラム水の特有の香気に慰められるように鼻を埋めた。

「わたくし、夫のやることなすことには、いつも……変な話ですけれども、わたくしくらい、夫を崇拝していた妻というのは、そうないのではないかと思うくらい、わたくし、夫のやることなすことにいつも感心ばかりしていたのですけれど……これについてだけは、よくからかっていたものでしたわ。あなたはパロきっての美食家でもあるっていうことになっているじゃないの、ナリス……だのによくも、こんなに甘くて熱いカラム水なんかが飲めたものね、って。……それについてだけは、お互いに一歩も譲りませんでしたの。……わたくしはカラム水は甘みなどつけなくて冷たくしたのが一番おいしいと思っておりましたし、あのひとは、あくまでも、熱くて甘くなくてはカラム水ではないというし。……でも、おかしいですわね。こうなってから、いま、こうして熱いカラム水を口にしてみると、なんだかとても落ち着きますのよ。……そして、熱いのも悪くはないなって……今度は、いずれ、とても疲れているときに、あのひとの好きだったロザリアの蜜でも加えて甘くしてみようかしら、なんて思ったりしますの。……まだ、ちょっと、香料までいれる気にはなりませんけれどもねえ」

「ああ……」

日頃は、とにかくお喋りでならし、口をきくのに困ることなど、まずありえないマリウスであったが、なんとなく、場合が場合であり、相手が相手であり——そして話題が話題であるだけにか、どうも勝手が違ってうまくことばが口をついて出てこないようであった。

「お疲れではございませんか？」

リンダはやさしくたずねた。マリウスは首をふった。

「ぼくは……吟遊詩人として、世界各国を旅して歩くのを商売にしていた人間です。こんな楽な旅など、させてもらったこともないくらいで……でも、それがとても……」

「とても——？」

「なんだか、こうしてじっと馬車に、ひとりきりでゆられているととてもいろいろなことを考えてしまうんです。……それがとてもつらくて。……いっそ、歩いていたり、何かつらいことでもあったら気もまぎれるかもしれないんですが……」

「そうですわね。……わたくしには、このセムの侍女がもうずっとつきそっていてくれますけれど、ディーンさまはそうはゆかないですものね。パロにおつきになったばかりですし……」

「ぼくが……ぼくがこれまで、どこでどのように暮らしていたか……あのう、ヴァレリウス宰相から、おききになったのでしょうか――?」

いくぶんおそるおそる、マリウスはたずねた。リンダはうなづいた。

「はい。――グインさまとも相談した結果、やはりわたくしには知っていてもらったほうがいいだろう、ということで……けさ起き抜けに、すべてうかがいましたわ。……とても思いがけないことで、わたくし、しばらくぼんやりしてしまいましたけれど、でも、ヴァレリウスがいろいろとわかりやすく説明してくれましたので、いま、ディーンさまがどのような状況におられるのか、そしてそれをおしてこうして、夫の弔問のためにおいで下さったのだ、ということもよくわかりましたの。ありがたいと思っていますわ――心から、有難いことだと」

「いつも、ぼくのやってくるのは遅すぎる――そう、云われてばかりいました……」

マリウスはつぶやくように云った。

「お前は、いつだって、手遅れになってからしかきたためしがないのだと。……ぼくはいつも、なんとかしてだれかの役にたとうと一生懸命旅に出るのですが……途中でいろいろな運命に翻弄されたり、いつも本当にいろいろなことがあって……それが、ぼくの運命なのかもしれないのですけれども……」

「生きていれば、いつだって、いろいろなことがありますわ。本当に、いろいろなことが」

やわらかい声でリンダはいった。そして、マリウスに、軽焼きパンをすすめた。

「その蜜入りのクリームをつけておあがりになってみて下さい。このあとも、夜までずっとまたつらい馬車の旅が続くのですわ。お力をつけておおきにならないと」

「ああ、ぼくのことなど、お気になさらないでください、どうか」

驚いてマリウスはいった。

「それよりも、あなたこそ——リンダ陛下、あなたこそ、ちゃんと召し上がって体力をつけないと……見るからにかよわげで、消えてなくなってしまいそうで……」

「そんなことありませんわ。わたくし、よくいただきますし、見かけよりずっと丈夫で元気でお転婆なんですのよ」

リンダは低く笑った。

「それに、どうか、わたくしのことを、陛下、だなんてお呼びにならないで。あなたは、法律の上からはわたくしの義弟で、そして、そのずっと以前から、わたくしのいとこでおいでになるんですから。……そしていまとなっては、第二王位継承権者でもおありになる。――わたくし、あのアモンのことなど決して王位継承権者とも王太子とも認めないつもりです。あんな恐しい……あんな怪物をそんな」

リンダは思わず小さく身をふるわせた。

「わたくしはクリスタル・パレスにとらわれているとき、見てしまったんです。――レムスは、あの怪物をパロ聖王の王太子につけると本当に本心から思っているのでしょうか。だとしたら、それだけでも、これはとてつもない話です。それだけでも、レムスは、もはやまったく本性を失って、キタイの怪物に操られている傀儡となってしまっているんです」

「ぼくには……その王太子のことはよくわからないのですが……」

ぶきみそうにマリウスは云った。

「ただ、ぼくは……キタイに拉致されて幽閉されていましたから……ずっと塔にとじこめられていたとはいえ、それでも、少しはキタイのようすを見聞きすることもありました。キタイで起ころうとしているおそるべきできごと、キタイ王を名乗るあの怪物が、キタイという古い立派な国をどんな恐るべき、怪物の支配する闇の帝国に変えてしまおうとしつつあるか、それもわかっています。――恐しい」

「キタイに拉致されていらしたんでしたのね」

リンダは云った。

「ヴァレリウスから、ちょっとはうかがったのですけれど、あまり詳しくは。……お大変で、いらしたんですのね」

「ええ……」

マリウスは口ごもった。

「ぼくは……〈闇の司祭〉グラチウスという悪党に拉致されて……グインをキタイにおびきよせようとしたそいつのたくらみで、シルヴィア姫……つまりはグインのいまの妻ともども、キタイでぶきみな塔のなかに幽閉されていたんです。……いろいろとひどい目にもあいましたが……グインが助けてくれました。はじめてグインのすがたをみたときには、本当にこれは夢ではないのかと思った。あんなところまで——あんな地の果てまで、助けに単身きてくれて……そうしてそれに成功するなんて、なんてとてつもない英雄なんだろうと……あのときばかりは、この人は神ではないのかと疑いました。……もう、このままここで責め殺されてゆくのだろうかとなかば絶望的になっていたのですから」

「それについては、私だってお仲間ですわ。私も——わたくしも、レムスのために、クリスタル・パレスの白亜の塔に幽閉されて……そしてやっぱりグインに救出されたのですもの。あのひとは、本当に……ことばにつくせないほどすごい人だわ。本当にこんな人が存在するというのが、信じられないくらいに」

「ええ。本当に」

力をこめて、マリウスはいった。

沈黙がおちた。ややあって、マリウスは、のろのろと口をひらいた。

「本当は……サラミスに落ち着いて、ナリスの……その……いろいろなことも一段落がついて、それからご相談申し上げるべきなのだろうかと思っていたのですが……」

「ええ」

「こんな、時間もないあわただしい休憩のときにこんな話をもちだして、申し訳ないのですが――でもぼくのいまの状況をもうきいておられるということだし……だったら、ちょっとでも、このあとの長い道中に、考えていられるたねを頂戴したほうがいいのかもしれない。……このあいだもちょっとお話しかけて、ヴァレリウスにとめられましたが……ぼくは――」

「ええ……」

「ぼくはどうしたらいいんでしょうか？　ぼくは――どうすべきなんでしょうか？」

「まあ」

リンダはかすかに笑った。そして、黒いレースのハンカチをかるくふり、スニに席をはずしていくようにと合図した。

「ディーンさまは、どうなさりたいんですの?」

リンダは逆にかろく問い返した。マリウスはぎょっとしたように、そのリンダを見た。

「ぼくが——どうしたいかって……それは……」

「おかしないいかたですけれど、いま、ディーンさまほど、ご自由な立場におありのかたは……御自分のもっとももしたいようになされることのできるかたは、ほかにいないと思うんですのよ」

リンダは云った。ヴェールの下でその白い顔は、いくぶんこわばった微笑を浮かべていた。

「わたくしにせよ、ヴァレリウスにせよ……神聖パロの後始末で、いまはもう、どうしたいと望んだところで、自分で勝手に退隠したり、隠遁したり——もうすべてはどうでもよくなった、むなしいからどこかにいってしまいたいと思っても、そうできるような立場ではないと思うんですの。このままいろいろやってゆけば、いずれはそうできるくらいにものごとがおさまる日もくるかもしれませんけれど、それまでは、それだけを楽しみにとにかく、わたくしたちのために——というか、神聖パロとナリスのためにいのちをおとした人たち、同志となってくれたばかりに不幸になったり破滅したり、いのちをも家族をも失った人たちに、こんどはわたくしたちがなんとかして報いてあげられるよう、少しでもその魂を弔ったり、愛する夫や子供を失ったひとたちに、そのことを知らせてあげたり、せめて遺品を届けてあげたり、そういうこともしなくてはならないし。それになによりも、パロがどうなってゆくかについて——ナリスがさいごのさいごまで、もっとも案じていたのはそのことだと思いますもの。……私たちには、何ひとつ終わってはいないと思うんです。これは昨夜、ヴァレリウスとも話したのですけれど。ですから——まだ、おのれの悲しみや孤独にひたっていることだって許されない。ましてグインたちは私たちのために戦ってくれているのですし。——でも、ディーンさまは……」

「そうやって、また、あなたたちは、ぼくを仲間はずれにされるんだ」

悲しそうにマリウスはいった。

「それは……しかたないのかもしれない、いつだってぼくは、逃げて——逃げてばかりいたように思われているんだろうし、それは本当にある意味ではそうかもしれないんだから。でも、ぼくは……なんとかして、これまでのぼくとは違った自分になりたいと本当に心から思っているんです。それだけは信じてください。——そんなことをいきなりいわれたって、ましてあなたは、これまでのぼくを知っていたというわけでもないし、お困りになると思うけれど。……でも、ぼくはわかってほしい、ぼくはいつだってただ、やみくもに、辛い現実から逃亡してたわけじゃない。ぼくからみれば、それは、逃亡じゃなくて、新しい世界へむかっての出発だったんです。残された人たちにとっては逃亡であろうとも。——そうして、ぼくは、あちこちから立ち去ってきた。いつも、ぼくはそこに自分の居場所を見いだせないと感じ続けてきた。……ええ、パロの宮廷でも、マルガの離宮でもそうだったとおりに――サイロンの黒曜宮でもね。トーラスで、小さな居酒屋にいたときにはとてもくつろいで、こういう暮らしが一番ぼくには似つかわしいのだと思っていましたけれども、でもそれも終わってしまった。それは、ぼくが望んではなくて終わってしまったんです。そして、また、ぼくは、違う宮廷の虜囚となった。――ええ、ぼくには、本当に宮廷なんかむかないんだと思うんです。ぼくはいつも、宮廷と名のつくものにいるかぎりは、自分ほど不幸なものはないと感じつづけ――そして街道を歌うバルト鳥みたいに歌って歩いている限り、自分ほど幸せな自由なものはこの世にいないと感じていました。……これはもうしょうがないことじゃないですか。ぼくがこのようであって……そして、ほかのひとびとがそうじゃない、というのは。それはぼくにはどうすることもできない。だって、ぼくはこうして、このように生まれてきてしまったんですから」

「まったくそうですわね」

いくぶんよそよそしく、リンダは云った。リンダのほうは、残念ながらマリウス自身ほど、彼の運命についても共感や興味をもっているというわけではなかったのだ。

「それはもう、誰でも同じことだと思いますわ」

「そうですね」

いくぶん大人しくなって、マリウスはいった。

「せっかくの、貴重なお休みの時間をこんな話につきあわせてしまって申し訳ないと思っていますよ、リンダ。……でも、ぼくにとっては、本当に重大な問題で、どうしても、どうしたらいいか自分では決められないのです。ぼくはこれからどうしたらいいのか——そして、ぼくはこのあと、何をしたらいいのか。……ぼくを必要としてくれるのは誰で、一番ぼくが必要なところはどこなんだろう。……それを思うのは、それほどばかげたことでもないんではないのかなあ」

「もちろん、ばかげているなんて思いませんけれども」

多少つっけんどんにしたのを後悔して、リンダはやさしく云った。

「でも、わたくしには、なんと申し上げていいかわかりません。……だって、ディーンさまは、結局のところ……奥様とお子様のところにお帰りになりたい、とは思ってらっしゃいませんの？　それとも、この葬儀ともろもろが一段落したら黒曜宮にお帰りになる、それはもう、あたりまえの前提で、その上での、『いま』どうしたらいいか、というお話なんですの？　それだったら、わたくしでも、いろいろとお願いしたいことはもちろんありますけれど。——なんといっても、神聖パロはもう、こんな状態で事実上崩壊しています。もしも、そういう仕事には不慣れでいらしても——吟遊詩人でいらしたんだから、当然ですわね——それでも、義弟として、ナリスのただひとりの弟として、助けてくださるのでしたら、それはもうわたくしはとても嬉しいですわ」

「ぼくは……タヴィアのもとに戻りたいと思っているんだろうか？」

マリウスはつぶやくようにいった。

「ああ、許して下さいね、リンダ。……つまらないことをぐちぐち云ってるやつだと思わないで下さい。でも……こういっては何ですが、ぼくは――ぼくが結婚したのは、そんな、ケイロニアの皇帝の息女オクタヴィア姫、なんていういかめしいものではありはしなかったんです。それは、彼女がアキレウス帝の血をひいている、ということは、知ってはいましたよ。だけど、そのとき彼女はまったくその存在をさえ認められてはいなかった。彼女はぼくには、謎の魅惑的な美剣士イリスとしてあらわれ――そのあとで、強くて朗らかで頼もしく、家庭的な女タヴィアとしてあらわれてきた。ぼくはそのどちらもとても愛していた――それはいまでも愛しています。とても好きですよ。彼女がぼくに生んでくれた、目にいれても痛くないほど可愛いマリニアもろともね。だけど、ぼくが恋をしたのはイリスにであり、ぼくが結婚したのはタヴィアだった。だのに、いま――いまぼくといっしょにいるのは《アキレウス皇帝のご息女オクタヴィア殿下》なんだ！」

「まあ」

慎重にリンダはいった。ほかにどう返事のしようもなかったのだ。

「そうなんですよ」

マリウスは熱心に云った。少なくとも、かれは、おのれについて理解してもらうことについては、つねにとても熱心であった。

「ぼくが、どうしていいかわからないのはまさにそれでなんです。ぼくは、ケイロニア皇女となんか結婚するつもりなんかなかった。これでもぼくにだって、パロの王子としての自覚はまだどこかにある。この結びつきが何をもたらしてしまうだろう、ということだってわかっている。ぼくはパロ王家の血をすて、タヴィアはケイロニア皇女であることを捨てた、とぼくにいった、だからこそぼくは同じ境遇のものとして彼女を愛し、彼女と手をとってサイロンを落ち延びたんです。だのに——」

## 4

「そう——ですわねえ……」

リンダはまたきわめて慎重にいった。彼女は、ちょっとまたかなりの疲れを覚えはじめてきていたのだ。リンダは手をのばすと、ちょっとさめてきていたカラム水をしとやかにすすった。

「言い訳とか、ぐだぐだとくりごとをいっていると思わないで下さいね、リンダ」

マリウスは心配そうにいった。

「そうじゃないんだ。……ぼくは、いつも、どうやって自分のことをわかってもらったらいいのかよくわからない。こんなによくしゃべるやつが、どうしてなんだとタヴィアにもよく云われましたけど、ぼくは、逆に吟遊詩人だから、古いサーガを歌ったり英雄の物語を語ったり、あちこちのうわさ話を面白おかしく話して歩いたりするのは商売なんだけれど、自分自身がどう思っているか、なんていうことをわかってもらうのは、とても苦手のような気がする。おかしな話ですけれどね。——ああ、ただ、ぼくが、心からあなたを――そして兄の残した神聖パロというものを、助けてさしあげたい、ぼくに出来ることがあったらなんでもしたいと思っていること、それだけは本当なんです。ぼくには、先頭にたって武将として戦ったり、国王として責任ある立場をひきついだりというようなことはまるきりできないけれど、そのかわりに、それだってしたことはないけれどあなたのそばにいて助けてさしあげるべき立場になったり、相談相手になったり――はなはだ頼りない相談相手だと思われるかもしれませんけど、それは出来ると思うんですよ。それに、相談などというものは、よく、ぼくは思うんだけど、相談をもちかけるときにはひとはもう、たいてい自分のなかで本当は答えを出しているもので、ただ、それを確認したり、支えてくれる人、賛成してくれる人を求めて話をはじめることが多いじゃないかという気がぼくはするんだ」

「そうかもしれませんわね」

「神聖パロをどうなさるおつもりなのか、それをきくつもりはありません。ぼくはいまの立場として、結局のところまったくの部外者なんだし、いまやおおやけにパロ聖王家の人間でさえない、それどころか、自分の存在を明らかにしたら邪魔だとさえヴァレリウスにいわれている身の上なのですから。でもそれに、ぼくは身分や名誉なんかを求める気持は少しもない。そういうものがぼくくらい少ない人間はそうはいないだろうと思うくらいです。ですから、ぼくのしてあげたいのは、そういうことじゃない。ただひたすら、兄の愛した妻であり、ということはぼくにとっては義理の姉であり、そしてもともとぼくの身近な親戚でもあったあなたをお助けしたい、ぼくにできることであなたが助かることがあれば、と思うんです」

マリウスは早口でよくしゃべる男であったし、そのおしゃべりにつきあっていると、リンダはなんとなく目がまわるような気分になってきたが、それでも、マリウスの目にも態度にも顔にもあふれている熱情、率直な共感や親愛の思いだけは疑う余地もなかった。

それはかなりリンダの落ち込んだ気分をもやわらげる効果があったので、リンダはヴェールの下で力なく微笑んだ。

「そういっていただくのは本当に心強いわ。——私、本当のことをいえば、これからどうしたらいいのだろうということだけは本当に、もう……どうしていいか、白状してしまえばまったくわからずにいたんですもの。ヴァレリウスの前でこそ、またほかの人たちの前ではもちろん、そんな顔は見せられずにおりましたけれど。……ヴァレリウスの悲しみがあまりにも深く重たいので、私、何も言えなくなってしまうんですわ。あのひとは、あるいは私よりもさえ何倍も悲しんでいるのではないかとさえ思われるのに、何ひとつそれをおもてに出すまいとして——本当にすべての感情を殺してしまおうとしているみたいに思えるんです。なるべく機械的に、何の感情もなくふるまおうとしている。

それを見れば見るほど、私はなんだか、いたいたしくて……いいたいことも言えなくなってしまうし、なんだか、私の悲しみをも、まっすぐにおもてに出すことがしづらくなってしまって……女王としての責任とか、神聖パロにくみしてくれた人たちへのこととか……そういうことばかり思ってしまって——私、いつになったら、ただ純粋にひとりの、愛する夫にさきだたれた女として、わっと泣き出すことが許されるんだろう、と思うんですのよ。……なんだかヴァレリウスのあの凍り付いたような顔と目をみていると、私、何ひとつ、涙を流すことさえも許されなくなってしまうような気がするんです」

「そんなこと——」

激しく心を揺さぶられて、マリウスは叫んだ。そして、思わず、同情のあまりリンダの手をそっと握りしめた。

「そんなの、不自然だし、間違っていますよ。人間なんだもの、悲しいときには悲しむしかないじゃあありませんか。ああ、そうだ——ねえ、もしも、本当に、こんなばかなことしかぼくにはできないんですけれども、本当によろしかったらなんですけど、今夜、サラミスについたら……ナリスの前で……ぼくの歌を、きいてやっていただけませんか。ずっと、ぼくは思っていたんです。ナリスのために歌いたい、と。——なんて不謹慎な、っていわれてしまいそうだけれど……ことにケイロニアの宮廷とかだったら、あたまごなしにそういわれてしまいそうだけど、パロではそのくらい許されるかもしれない。大事なひとのために、心のなかの思いのありたけを歌にして捧げるくらいは許されるのかもしれない。……ぼくにできるのはそんなことだけで……でも、それでもしも、あなたやほかの悲しんでいるひとたちが気持をほんのちょっとでも癒されるのだったら……それはぼくにとっては素晴らしいことだし、ぼくが生まれてきた理由のようなことだし……どうでしょうか？　そのうち、お気が向いたら、でもいいんです。ぼくの歌を……きいてやって下さいませんか？」

「まあ……」

リンダは驚きながらいった。

「それはもう、いつでも。……私、いつでも、歌をきくのは大好きですわ。あのひともよく歌ってきかせてくれました。――そのたびに、私、なんて素晴らしいんだろうと思って、あらためてあのひとのことを好きになったものです。ああしてひとの心のなかから動かしてゆく才能があるなんて、そういう技倆をもっているなんて、なんてうらやましいんだろうって。――そのたびに、私、ああ、自分には何ひとつ出来ないんだなあってつらく思いましたわ。……私って、なんて何もできないんだろうって。……だからせめて、ひとにやさしくしてあげたり、思いやってあげるほかはないんだわって。私も歌が歌えたらいいのになってよく……思っていましたわ」

「そういっていただくと……ぼくは、歌を歌うしか能のない人間として、ことにケイロニアの宮廷では、とてもいごこちが悪かったんですから」

マリウスはそっとリンダの手をはなしながらいった。

「ことに、ケイロニアは武の国です。……あそこでは、武張ったことに能力が高い人間は尊敬されるけれど、ことに男のくせに、剣をとることも知らず、歌しか歌えないなんて、およそそれこそ、人間扱いもされないくらい――軽蔑というよりもっと強い、何も理解してもらえないんです。あの国には、ぼくのいる場所はない。ぼくは……本当に言い訳だと思われてしまうかもしれないんだけど、ぼくはケイロニアの皇女と結婚したことなんかなかったのだし、彼女がケイロニアの皇女の地位を捨てたことに共感したからこそ一緒になって、そしてどこか世界の片隅で、ひっそりと子供をそだてて楽しく二人で歌ったり、居酒屋をやったりして暮らしてゆこうと思っていたんですよ。だのに、突然、事情がかわったからって、あの人たちはぼくをトーラスからサイロンに拉致してゆき、そうして、ぼくがそこに似つかわしくないといって責めるんです。――ぐちをいってるようにきこえたらごめんなさい。ぼくは……ぼくは、でも、もともとケイロニア皇女と結婚したつもりもないし、ケイロニア宮廷に入って地位を得ようなんても思っていなかった。ぼくが結婚した相手はたまたまケイロニア皇帝の血をひいてはいたけれど、ただの美しいしっかりしたやさしい女性だとぼくは信じて愛したのだった。――ぼくはケイロニア宮廷のなかで、皇女の夫、などという地位を引き受けたり、演じたりする気なんかまったくなかったのです。だけど、誰もそんなぼくの気持をきいてくれようとさえしなかった。……妻もです。妻の父も。――でも、そんなのおかしいじゃありませんか。ぼくは一度だって、ケイロニア宮廷の人間になろうなんて思ったことはなかったというのに」

「それは……それは本当にそうかもしれませんわね」

リンダは、そのマリウスの話に、思いがけないくらい共鳴するところがあったので、かなりうちとけてきて、やさしく云った。

「わたくしも――立場は全然違いますけれど、いまこうなってみてはじめていろいろなことを考えるんですのよ。――運命って、なんて理不尽なものだろう。わたくしだって、夫と弟が戦う、なんていう悲劇のはざまにたたされたくなんかありませんでしたわ。わたくしは、ひたすら、みんなが幸せで、平和でいてくれればいいとだけ念じていたんです。私は夫も弟もどちらも本当に大切でしたもの。――だのに、運命は私をこんなところに連れてきて――もしかしたら、夫も弟も、どちらも私から奪いとられてしまうかもしれない、という結末へ連れてきました。もしこれで、レムスがグイン軍によって攻め滅ぼされ、いのちをおとすことになったら、私には……」

リンダはふいに絶句した。それから、涙をのみこんで続けた。

「ああ。そうなんですわね……もしも、そんなことになったら、私とディーンさまはたった二人だけの——パロ聖王家の直系の生き残りっていうことになるんですわ。もう、私たち以外には、聖王家のものはいなくなってしまう……」

「そうなんだ……」

はっと胸をつかれてマリウスはいった。

それから、やや黙り込んでいたが、彼としては珍しいほど、重たい真剣な口調でいった。

「いま、思っていたんです。——そうだ、ぼくは、やっぱり……パロ聖王家の血をひく王子なんだ。どれほどそのことをうとんでも、それから逃れたいと思っても、ぼくのからだのなかには、あなたと同じパロ聖王家の青い血が流れているんだ、って。——そのことをとても呪い、にくみ、それからなんとかして逃げようと思って名前もかえ、職業もかえ、こうして吟遊詩人としてさまよってきました。だけど——ぼくがそうして逃げていったのは、ケイロニア宮廷のなかでまた、こうしてがんじがらめになるためなんかじゃない。……ぼくは、いま、あらためて思います。ぼくには、ケイロニア皇帝に忠誠を誓う理由も、必然も、そしてそんな気持もありはしなかった。だけどみんな何もぼくに意志をきこうともせずにしゃにむにぼくをつかまえてこういう状況に押し込み、そして、ぼくが自分の望まなかった環境から逃げ出す、逃げつづける、といって非難しつづけた。いまこそわかりますよ。ぼくはこうして戻ってきた——遅すぎたかもしれないけれど、ぼくが戻ってきたのは、ぼくのなかのパロの血に引き寄せられたからなんです。ぼくは、パロのためなら……パロ聖王家のためなら、納得がゆきます。いろいろなことを経てきて、ぼくも少し大人になったし——だから、いまのぼくにはわかります。以前のぼくはこのパロ宮廷のなかで自分の居場所がないことに耐えられないと思っていたけれど——でも、ぼくはパロの王子なんだ。だからこそ、パロが幸福と平和を取り戻すためなら——そしてあらたな秩序を取り戻すためなら、ぼくは、すべてをすてて尽くすことができる。だって……だってここはぼくの愛する祖国、ぼくの国ですもの。だけどケイロニアはそうじゃない。どれほどまわりから責められても、押しつけられても、それはぼくにはどうにもならないもので——それはぼくの血のなかにはないんだ。だけど、パロは違う」

「ええ……」

「あなたは信じてくださいますか、リンダ？——ぼくが、あれほど愛する妻と子供を捨ててでも、ふたたびアル・ディーン、パロの王子アル・ディーンに戻って、少なくともパロの再建がなり、この国に平和が戻ってくるまで、身分も地位も名誉も何もいらないから、ただ、あなたとパロと、そして兄のために身を捧げたい、と願っているといったら？」

「まあ……」

深く心をうたれて、リンダはつぶやくようにいった。

「まあ……」

「本当に――ぼくは、どうしてか、兄が神聖パロをたてて、そしてマルガに追いつめられてゆくあいだになんだかものすごく切迫したものを――《帰らなくてはならない》という異常なまでに強い思いを感じはじめていたのです。いや、それは……兄が最初に亡くなったという知らせをきいたときからはじまったものだった。それは、あの、佯死だったのですが、なんだか、あのときには、ぼくはそんなことがあるわけはない、ぼくの兄が、あのナリスが、そんなふうにしてあっさりと亡くなってしまうわけがないと思っていた、だのに、どうしても、それを確かめずにはいられない、すぐにでも、もしも間に合わないのならひと目死に顔にでもいいから会わなくてはいけないのだ、というとても切迫した思いにかりたてられた。――そうして、ぼくはもう、すべてをなげうって、どれほどひとに非難されようと、怒られようと、黒曜宮を抜け出して、パロに戻ってこなくてはいけない、という、これまで感じたこともないほど強い衝動を感じてパロへ、パロへとひきつけられていったんです。――あれはきっと、兄がぼくを呼んでいたのに違いない、といまはそう思える。……後事を託す、というほど、頼りになる弟じゃなかった。いつも、あれほど崇拝していながら、兄の期待を裏切って失望ばかりさせつづけ……その、失望させていることそのものにたえきれなくなってとうとう国を出て、兄の目のとどかないところで自由に生きたいと思ってしまった、弱いおろかな弟だった。でも、ぼくには……父も母もいないぼくには、兄だけが、ただひとりの家族であり、ぼくの心の戻ってゆくべき場所であり……たったひとりの——神様のようなものだった。どれほど遠くにいても、兄を忘れたことなんかかたときだってない。……気持悪いといわれてしまうかもしれませんけど、告白することを許して下さいね、リンダ。——ぼくが、最初にいまのぼくの妻、当時はイリスと名乗って男装していた彼女に出会って、いったことばは、『きみはぼくの兄に似ている』ということだったのです。彼女はすばらしい銀髪で、兄はあのとおりの黒髪だ、という違いもありましたし、顔立ちでいったらむろん、そんなに共通点はないのですが——あのころの彼女は、身分を偽り隠して男として、はりつめた気持で生きていたせいか、ひどく冷たく、よそよそしく、高貴で、それでいながらそのなかに何か清らかなもろいものを隠している感じがして——それがなんだか、ぼくにとても、愛するナリスを思い出させたのです。それでぼくは彼女にひかれてゆくようになり、そうして恋におちた。——ぼくは兄に恋していたのだったかもしれないし、そんなまやさしいものではなかったのかもしれない。とにかく、パロを出てゆくまで、そして彼女に出会うまでは、ぼくの人生なんて、ナリス以外のなにひとつ、ありはしなかったんだから」

「……………」

「その兄の、死に目にはとうとう間に合わなかったけれど……」

マリウスはこうべをたれ、膝の上に拳をにぎりしめて、涙をこらえながら低く云った。

「でも、もう、ぼくは……パロをはなれる気持はありません。たとえもう、パロにはぼくの居場所がなくてもいい。ここにぼくは、ぼくのほうが、居場所を作ろうと思います。たとえパロが望んでくれなくても。——そうして、それは兄の墓を守ることであろうと、兄の妻を守ることだろうと、あるいは兄の遺志をつぐことだろうと、兄の遺志をついで国を守ろうとしているひとを守ることだろうと——ぼくはいまはもう、何が大切で何がそうでないのか、何が真実で何がそうでないのか、わかるようになったと思うんです。だから、もう、これから先は、思ったとおりに、直感のままにふるまったとしてもきっと大丈夫だろう——ぼくは正しい道を選ぶことができる、と。——ぼくが、兄のそばにいることを、兄の妻、ぼくの姉として許して下さいますか、リンダ。——あなたは、さきほど、夫と弟の相剋をとてもつらい、そして愛する弟が滅びてしまったら、自分は何もなくなってしまうのだとおっしゃった。——でも、ぼくがいます。リンダ——かけちがって、幼いころには、それほどお目にかかることもなかったから、ともに育ってきた親しみは少ないかもしれないけれど、それでも、ぼくもまた、ナリスの弟で、あなたのいとこで——そうして、あなたの義理の弟なんです。ぼくもまた、あなたの弟なんですよ、リンダ！」

「ああ……」

リンダは両手で顔をおおった。マリウスは驚いた。

「ぼくは――ぼくは何かいってはいけないことをいったでしょうか？　だったら赦して下さい。ぼくはいつもきっとしゃべりすぎてしまって……」

「いいえ。いいえ、そうではありませんの」

リンダは首をふり、そして、ヴェールのかげで涙をぬぐった。

「わたくし、嬉しくて。――それでは、私も、もしもレムスを失ったとしても、何もかも失うわけではないんだ――この世でたったひとりぼっち、何ひとつ係累もない、世にも孤独な身の上になるわけではないんだ、と……そうだったわ、私にはまだ弟がいるのだわ、レムスという弟はあんなおぞましい運命のなかにひきこまれて、もしかしたらグインの手でほろぼされてしまうかもしれないけれど、ヤーンはそのかわりに、私に、ディーンさまという弟を与えて下さったんだわ、と……そう、思えて……それで、なんだかとても……ことばにあらわせないほど、嬉しくて……感動してしまって……」

「おお。リンダ……」

「私、たとえケイロニアがそれで何かパロに対して圧力をかけてくるようなことがあっても、ちっとも気にしませんわ。お話をうかがっていれば、ディーンさまには、ほかにしようがなかったんだっていうことはよくわかりますし、それに、ディーンさまはとても誠実にふるまおうとなさったんだ、ということも、私にはよくわかりますもの。――それは、確かに、私だって、弟が突然キタイの傀儡になってしまった、などといわれてずっとどうしていいかわからない気持でいたんですもの。それとはまるで違いますけれど、それは、奥様が、そう思っていたのとまるで違うところで違うように暮らしたりしなければならなくなったら、それまでとは同じ気持ではいられませんわね。――それに、ナリスのためにそうやって出てきてくださったというのに、ケイロニア宮廷のひとたちはそれは怒るかもしれませんけれど、私のほうは、そうしてきていただいたほうの側ですもの。そうするためにあなたがはらって下さった犠牲のことを、気高いと思わずにはいられませんわ。――それに、私、いま、あなたがそういって下さって……本当に思ったんです。ああ、私はひとりぼっちじゃないんだ。まだ、私には弟がいるんだ……だったら生きてゆける、って……」

「リンダ――」

「私、とてもさびしくて……」

リンダはちょっとそのきゃしゃなからだをふるわせた。

「なんだか……あのひとが、誰もかれも連れていってしまったような気さえしていて……ルナンも殉死したし、小姓頭のカイも、小姓たちも――みんな、あのひとのあとを追って自害してしまった。ヴァレリウスはあんな状態だし、リギアはとても心配していますけれど、リギアだってお父様を亡くされて、その心痛で手一杯だし……この世がまるで、あの人の死と同時に真っ暗な荒野になってしまったみたいで、誰ひとり、愛するひともいなければ、家族も血縁も肉親もいない、誰もいない、何もないところにたったひとりでふるえながら立っているような、そんな気がしてならなかったんです。かわいいスニはいてくれるけれど——このさき、私は、たったひとりで、あのひとのかわりにパロの再建なんていうあまりにも重すぎる任務と、そのまえにあのひとの葬儀というつらくて大変な役割をはたしてゆかなくてはならないんだろうか。いったい、どうやって生きてゆけばいいんだろうって——いっそあのひとのあとを追って死んでしまったほうがどんなにか楽そうに思えて、私、ひそかに、ずいぶん考えたのですけど……」

「おお、リンダ——そんなことをいっては……」

「ええ。……それに、私やっぱり、とても若くて——とても健康なんですわね。私がどれほど、もういっそ死んでしまったほうがいいと思っても……私のなかで、何か、そうさせまいと——生きたい、生きたいっていうものがいるんですわ。……私のからだのなかの若さと生命が、いまこうしてあのひとのあとを追って死んでゆく、などという運命に、ひどく激しく抵抗するんです。それに、あのひとだって、たぶんそんなこと、まったく喜んでくれはしないだろうし——私があとを追っていったところで……」

リンダは悲しそうにうなだれた。

「なんだか、私も——仲間はずれになったような気持がずっとしていましたの。あのひとの死で、もうなかばその人生が終わってしまったり、死んでしまった人たちがいて——いのちはまだあっても、死んだのと同じになってしまった人たちがいて……でも私はそうできない、私は、まだ生きている、生きてゆくだろう、生きてゆかねばならない、ってことを——妻でありながら、といってとても、そのひとたちにひややかに責められているような気持がして……だけど、私にはたくさんのやらなくてはならないことがあって……」

「わかります。わかりますとも」

「でも、このさき、私はどうしたらいいの——どうやって生きてゆけばいいんだろう、いったい、誰を頼りに生きてゆけばいいんだろう。子供もなく——そう思っていたんですけれど……なんだか、きょう、ディーンさまにそういっていただいて……なんだか本当に私……まるで、お前はまだ生きていてもいいんだ、頑張らなくてはいけないんだよ、って……ヤーンにそういわれたような気がして……」

「ぼくがいます」

深く感動して、マリウスは叫んだ。そしてまた、リンダの冷たい手を握り締めた。

「ぼくがいます。——もう、おそばを離れませんよ、姉——義姉上。あなたはぼくにとってはただひとりの姉なんです。年は下でも——あなたを守らなくてはいけない、それがぼくの……ナリスにここに呼び寄せられた本当の理由なんだ。ぼくにはやっとわかった。ぼくの使命はそれだったんだ。あなたを守ること、あなたのパロ再建を助けること、それをやってくれるよう、ナリスがぼくを招いていたんです。これでよかった——これでよかったんだ！」

# 第二話　パロスの戦い

# 1

「陛下」

伝令の魔道師がひらりと空中にあらわれた。

「どうした」

グインは、かたわらでびくっと身構えたリュース隊長にむかってからかうような声をかけた。リュースはあわてて頭をさげた。

「申し訳ありません」

「驚いたか。無理もないが、早く馴れることだな。これよりも便利な伝令はそういるものではないのだからな」

グインは笑う。そういうグイン自身は驚くほど早く、その奇妙なパロならではの光景に見慣れたようであった。むしろ、そのような伝令がいてくれるほうがはるかに自然だ、とさえ考えているようでもある。

「何か、戦況に変化があったか」

「はい。ゼノン将軍率いる金犬騎士団本隊のちょうど横腹の部分にむかって、ベック軍の三個大隊がまずは弓兵部隊を先頭にたてての攻撃を開始しました。ゼノン将軍はご命令のとおり赤い街道を防衛線とし、あまり長くひろがらぬよう街道のうしろに陣をしき、街道に同じく三個大隊をあげて、ただちに応戦に入られました。現在、ここから一モータッド四百の地点で、かなり激しい矢いくさ中心の戦闘が展開されております。ゼノン軍は楯をならべ、そのうしろから同じく弓兵に応戦させております」

「何か、魔道がらみの仕掛けがたくらまれていそうな気配はあるか？」

グインはたずねた。グイン自身は、百騎の《竜の歯部隊》の精鋭を若いリュース中隊長に率いさせ、魔道師伝令部隊をひきつれて、みずから最前線にむかって街道の西側を進みつつある途上であった。

「ただいまのところ、特には通常とかわった部分は見られません。ただし、相手軍のなかには、妙に統制のとれている部隊がいくつかあり、それは、たぶん普通の軍隊ではなく、あるていど精神管理をうけているか、あるいは……」

「あるいは、ゾンビーの部隊かも知れない、ということだな。その程度か。竜頭の怪物の姿は見あたらぬようか」

「私どもの魔道でも、あるていどは、もしもかれらが魔道によってすがたを通常の人間に変えているようでしたら、逆に、『ここでかなり大きな魔道が使われている』という《気》の流れによって、それを察知することが可能です。現在のところでは、戦闘に参加している部隊、またそのうしろにひかえている部隊には、何もそのような、大きな魔道を使っている気配は感じられませぬ」

「そうか」

「ただ、司令官ベック公は軍のなかほどに部隊をひきいて控えておりますが、そのあたりにだけかなり強い魔道の《気》が感じられます。――ベック公とその周辺の側近はおそらく、なんらかの魔道による精神の操縦を受けているものという感じはします」

「それは、そうだろうな」

グインはうなづいた。

「よし、わかった。――ベック公自身が動き出して前線に参加する動きがあったら、ただちに知らせてくれ。俺は直接にベック公とぶつかってみたいのだ」

「百騎で、でありますか」

思わずリュースは心配そうにいったが、グインはふりむきもせずにうなづいただけだった。

「恐れるにはあたらん。こういっては何だが、キタイ王の魔道さえ介在しなければ、レムス軍——いや、パロ軍というものはまったく、ケイロニア軍にとっては問題にはならぬ。同数でぶつかっているのなら、おそらくまずあと半ザンもせぬうちに、ゼノンがやつらをうちまかすことになるだろう。それはもう、何回か手あわせをしてわかっている。パロ兵はよしんば聖騎士団の最精鋭であろうとも、あまり戦うに適した人種ではない」

「はああー……」

「もっとも、相手にキタイがかかわっているかもしれぬ以上、あまりに安心するのはいずれにせよ、禁物だがな」

グインは伝令にうなづきかけた。

「ゼノンに伝令を頼む」

「はい」

「とりあえず、相手の様子を見つつ陣形を変化し、うしろから援護しつつ徐々にいくつかの部隊を相手にむけて切り込ませる用意はととのえよ、と。ただしゼノン自身はそれを率いるな、と注意をしておいてくれ。それから、俺がほどなく戦場に到着し、割り込むことになるが、俺の動きに眩惑されるな。これは、相手の実状をはかるための動きが多く入っているからとな」

「かしこまりました」

すいと魔道師は空中に浮かび上がって、ふっと消える。

「ぶ、ぶきみなものでございますな」

リュースはまた思わず声をあげた。グインは笑った。

「これほど便利な伝令というのはいるものではないさ」

もう一度愉快そうにさきほどのことばを繰り返す。

「もう、これに馴れてしまったら、どうであれ、通常の伝令はまだろこしくて、どうにもならぬ、ということになりそうだな。……といって、ケイロニアに魔道師ギルドをもうけるについては、どうも黒曜宮から大反対をくらいそうな気がするが。ケイロニアはもともと、あまりそうしたものを好まぬ国柄だからな。——もっとも、タリッドのまじない小路などの例はあるが。逆にいえば、だからこそ、ケイロニアでは、まじない小路のようなところに、魔道師たちを集めてとじこめて、一般的には魔道というものが日常生活にふれてこないよう、隔離政策をとっているのだ、ともいえるからな」

「はあ、そういうものでございますか」

リュースは感心しきりであるようだ。

そのあいだにもグインの率いる小部隊は、馬をしだいに早くかけさせて、赤い街道を走り、ゼノン軍のしいている防衛線のあたりに入ってきていた。ゼノン軍は赤い街道の東側にずらりと防衛線をしき、自軍は街道の西におりてそこに命令どおりまさかり陣形をとっている。つまり、その柄になっている手前のほうは、街道に直角にたて二列くらいの陣をしき、すでに戦闘のはじまっているもうちょっと北のほうでは、そこはたて十列ほどの厚みとなって、いつでも戦闘に参加できるよううしろに待機しているのだ。

グインは、その防衛線のうしろを一直線に馬をかけさせ、百騎の《竜の歯部隊》の精鋭をひきいてかけぬけていった。うしろで次々と「マルーク・グイン！」「マルーク・ケイロン！」の叫びがおこるので、先の部隊も国王じきじきの出馬を知って大きな歓呼の声をあげる。この、まさかりの柄のあたりまでは、ベック軍は兵を展開させておらず、一個所に集中的に攻めかかってきているようだ。

「陛下！　その先に」

リュースが馬上から指さす。街道の、かれらから五、六百タッドばかり先のほうに、激しく入り乱れて白兵戦を繰り広げている二つの軍隊のようすが見えた。

すでに、小手調べの矢いくさは終わって、双方剣を抜きはなっての白兵戦に突入しているようだ。だが、まだ、あちこちから矢が射かけられているらしく、ヒュッ、ヒュッとするどい空気を切る音が乱闘の激しい物音のあいまを切り裂くように聞こえている。

「かなりの混戦になっているようだな」

グインは、目を細めてそのようすを見守りながら云った。

「は……」

「思ったとおり、ゼノン軍のほうが圧倒的に押し気味にすすめているようだ。よし、一回、あのどまんなかを突き抜けるぞ。《竜の歯部隊》、俺からはなれず、ぴったりついてこい。——まんなかを突き抜けたらそこにいったんとどまって指示をまて」

「はッ！」

ただちに——

グインは、彼にしか乗りこなせぬ、巨大な草原の名馬フェリアに鞭を入れた。また、なみはずれた巨漢の彼を乗せられるのも、この馬の血統しかないという、選び抜かれた、すでに黒竜将軍時代以来何代かを重ねる愛馬である。そのまま、一気に、グインはもはやうしろをふりかえることもなく、馬上にいくぶん身をふせて、あまり勢いのない矢ならば受けつけることもない革マントをなびかせ、ゼノン軍とベック軍の白兵戦のまっただ中に突っ込んでいった。

「わあああーっ！」

悲鳴のような絶叫がたちまちわきおこる。どれほど遠くからでも、混戦のさなかでも、ケイロニアにその名も高い豹頭王グインのすがたはひと目でそれとわかるのだ。

「マルーク・グイン！　マルーク・ケイロン！」

ゼノン軍からは、嵐のような歓呼の声がわきあがり、ベック軍からは、「豹頭王だ！　ケイロニアの豹頭王グインだあ！」という怯えたような叫びが入り乱れておこった。

だがグインはそれにもかまわぬ。まっしぐらに、フェリアを駈けさせ、戦いのただ中に割り込んでゆく。グインの異形のすがたに気圧されるかのように、たちまち両軍のあいだに道が開いた。

「陛下！　流れ矢が参ります、あぶのうございますぞ！」

案じてリュースが声をかける。グインはふりかえろうともせぬ。

「俺にあたる流れ矢などない！　案ずるな！」

怒鳴り返して、そのまま、さらに戦場深く分け入ってゆく。剣さえまだ抜かぬままという大胆不敵だ。その勢いにおされて、ふたたびベック軍がひき退く。

「ひるむな！　敵は小勢だ！」

「退くな、豹頭王の首をとれ、手柄をたてよ！」

あわてふためいて、ベック軍の隊長たちが叫びたてるのが、いかにもうつろにひびいた。この戦場に誰ひとり、いまや地上最強の戦士、軍神の名をとどろかせ、ほしいままにしているケイロニア豹頭王グインの首をとれる、などと思うほどにうぬぼれたパロ兵はおらぬ。むしろ、まだ剣をさえ抜かぬグインに圧倒されて、おびえたようすでうしろにさがり、一丸となって駆け抜けてゆく《竜の歯部隊》を、ひと太刀あびせることもなく通してしまう。歯がみをしてくやしがる隊長たちも、ならばおのれが先頭にたって突っかかってゆくかといえば、そうではない。あきらかな怯えがかれらの銀色のかぶとのなかの顔にも見える。

「ひるむな、ひるむな！」

「かかれ、かかれ！　下がるな、かかれ！」

くらつぼを叩いて叫び立てる隊長たちはたいてい、自分はかなりうしろのほうで安全に、兵士たちの壁に守られているままだ。

「笑止！」

グインは、まったく妨害されることもなく、ひと息に、戦場のまっただなかを真横に突っ切った。

戦いは、ものの二百タッドも続いてはおらぬ。グインの一隊が通り抜けてゆくと、ようやくほっとしたかのようにまた、どっとベック軍がゼノン軍に攻めかかってくるが、そのようすもあきらかにかなり気をのまれていて、勢いにかける。

「陛下」

リュースは心配そうにグインを見上げた。戦場を突き抜け、なにごともなくそのへんを散歩したにすぎぬ、とでもいったようすでそこに馬をとめたグインは思わず失笑をもらした。

「問題にならんな。いま俺が通り抜けたかぎりの感触では、何か魔道のたくらみが秘められているというようでもない。——魔道師、魔道師」

「はい！」

「ベック公の本隊はどのあたりだ。偵察して、報告しろ」

「はい。ご免」

　魔道師は黒いマントごと空中に浮かびあがった。そのまま、下に降りてきて告げる。

「ベック公はこの先鋒のすぐうしろ、ここより五百タッドほどの本隊をひきいておられるようです。そこに公爵旗とのぼりが見えます」

「ふむ。よし、わかった。この程度の敵なら、何も、これまでの内乱で痛めつけられたパロに、好き好んで怪我人や死人をこの上出すこともないな」

　なんとも不敵きわまりない――聞きようによっては倨傲、とさえとれる言葉を吐いて、グインはリュースをふりかえった。

「伝令、《竜の歯部隊》の本隊より、ガウスに二百あらたにひきいて、街道の激戦地は迂回してまわりこんで俺の隊と合流を目指せと伝えろ。俺の隊の場所はそのつど魔道師が誘導してやれ。もう、この程度のいくさに時間をとられることはない、一気に終わらせてやる」

「は……？」

　思わずリュースは気をのまれた。

「どうなさるおつもりで……？」

「蛇《イーラー》の頭をおさえるのさ」

グインは云うなり、もう鞭を取り直している。

「ついてこい。ベック公の本隊に突入する」

「えええーッ」

おもわずリュースは叫び声をあげそうになった。が、かろうじて、《竜の歯部隊》の精鋭としての訓練のたまもので思いとどまった。

「突入！　陛下に続け！」

あわてて、声をあげる。もうそのときには、グインは巨大な背中を見せて、まっすぐにまた、抜けてきたいくさの中心部——ただしそのちょっとうしろ、ベック公の本陣と報告されたあたりを目指していた。

訓練のゆきとどいた《竜の歯部隊》の面々はただちに戦闘体勢に入りつつ、グインに遅れをとるまじとうねるように突き進んでゆく。たちまち、こんどは、悲鳴のような怒号もろとも、応戦しようと必死のパロ兵たちがそれでも健気に剣をぬいて突きかかってくる。

だが、鎧袖一触とはまさにこのことであった。そもそも、体格も装備もあまりに違いすぎる。世界最強のケイロニア軍団、そのなかでもまたさらに精鋭の中の精鋭の名誉をほしいままにする《竜の歯部隊》——世界最強の戦士に率いられた、世界最強の部隊の突撃の前に、何条もってパロの弱卒がもちこたえようか、というざまもあらわに、一瞬にしてパロ兵はくずれたった。いや、それは、まるで鶏の群のなかに一群の狼がきってはなたれたようなものであった。

「ワアアーッ!」

「ワアアーッ!」

すさまじい悲鳴もろとも、剣を打ち合わせるよりも早く、頭に鉄のかぶとをつけ、胸にもとげのついたよろいをつけているケイロニアの軍馬にはねとばされて、次々にパロ兵たちは落馬し、踏みにじられてゆく。剣をまじえるところまでゆけるものさえいなかった。グインはまだ愛用の大剣を抜きはなってさえおらぬ。鞭をふるい、左右に無造作にパロ兵たちをふりはらいながら馬をすすめてゆくだけで、その前にパロ軍はひれふし、風にあおられる草のように倒れ伏してしまうかに見える。

「助けてくれ」

「援軍を……え、援軍を……こんな、とても、無理だ……」

弱々しい悲鳴が隊長たちの口からさえもれる。が、それがひびくころにはすでに、一陣の嵐となった《竜の歯部隊》は、もうそこをとっくに通り過ぎている。

「なんて……なんていう……」

「鬼神だ。——人間じゃない。あれは……」

パロ兵たちはただ茫然と見送るばかりだった。

グインは、歯牙にもかけぬ。そのまま、無造作に鞭でパロ兵をふりはらいながらどんどん、ためらうこともなくむらがるパロ兵の真ん中に突き進み、本陣へと殺到する。

「公を守れ」

さすがに悲鳴のような声があがった。

「ベック公を守れ。陣形をかえろ、豹頭王をとりかこめ。全員でかかれば、いかに地上最強の戦士といえど……」

だが、その声がきこえるころにはもう、グインは馬をとばしてベック公の本陣に迫っていた。陣形を変えるいとまなどあらばこそだ。

「閣下！　閣下、お逃げ下さいッ！」

誰かの絶叫が響いたとき。

グインは、鞭を手にしたまま、ベック公の本隊のまんなかにわけ入っていた。

まだ、剣を抜こうとさえせぬ。その不敵なありさまにさすがにパロ兵たちも瞠目し、憤慨した。お前たちなど、俺の剣に値せぬ——といわれているも同じことであったのだから。だが、実際、剣をぬいて斬りかかるものがいても、グインの乗馬鞭がヒュンと一閃すると、それを避けることもできずにあっと叫んで馬からころがりおちる。また、うかつにふりかぶったものは、グインの鞭にひゅっと剣をからめとられてそのまま、ひっぱられるようにして大地に叩きつけられた。次の瞬間、何事もなかったかのようにグインはそのままそこに、落馬したパロ兵をうちすてて突き進み、もはやうしろ姿となっている。

「なんて——なんてやつだ、なんて……」

「これではとても……人間では……歯がたたない……」

思わず、パロの騎士たちの口からうめき声がもれた。

あとにつづく《竜の歯部隊》に対しては、パロの騎士たちも、豹頭王にかくもたやすく遅れをとったいまいましさをぶつけるかのように、気を取り直して襲いかかろうと剣をふりかぶる。だが、《竜の歯部隊》の精鋭はグイン自ら鍛えぬいた猛者ぞろいだ。こちらはぬかりなく剣をかまえて馬上に待ちかまえ、襲いかかってくるパロ兵を苦もなく斬り倒して豹頭王に追いすがってゆく。たちまちあたりは、負傷者のうめきと怒号と馬の悲鳴にみちた。

「ベック公！」

グインは鞭をかまえたまま、大音声に呼ばわる。

「ベック公ファーンどの！　いずれにおられる。これはケイロニア王グイン、ベック公に面談いたしたく、かく本陣深くまでもまかりこした！　お出会いそうらえ！　われに答えたまえ！」

どっと、パロの騎士たちがどよめいて、ゆくてをふさごうとする。グインはするどい目で油断なくそのようすを検分していた。一応、どの騎士たちも、べつだん、通常の人間と大きく異なるところがあるようには思えない。目つきも動きも、口のききかたも尋常なようだ。かつてクリスタル・パレスで見たような、なにものかの魔道によってあやつられ、正体を失っているようなようすのものはひとりもいなかったし、及ばぬながらも懸命におのれのあるじを守ろうとするそのようすも、べつだんどこにも異常は見えず、健気であった。

「ベック公！　ケイロニア王グインこれにあり！　ベック公どの、お出会いそうらえ！」

グインはさらに声を張った。リュースはまうしろではらはらしながら、それを見守った。いかにグインが狂戦士とはいえ、まわりは一面パロの兵士だ。それにいっせいに飛びかかられたら——と案じられてならぬのだ。だが、パロの兵士たちは、グインのその気合いに飲まれてしまっているようであった。

「ベック公！」

グインがいまいちど声をはりあげたときだ。

「ケイロニア……王——グ——イン……」

奇妙にたどたどしい——まるで、何ものかによって、遠隔操作された人形でもが喋っているかのような声がきこえてきたのだ。

さっと、《竜の歯部隊》は緊張し、王を取り囲んだ。グインはそれをかろく手で制した。


「ベック公ファーンどのだな」

　するどく確かめる。さっとパロ兵の波がわれ、そのあいだから、馬に乗り、大将軍の軍装をつけ、長いマントと、優雅な房飾りのついた帽子をつけた一騎があらわれた。その両側に副将らしい大柄な騎士が二騎、しっかりとわきをかためている。そのうしろに銀色のよろいをつけたパロ聖騎士団の聖騎士たちのすがたが並んでいる。

「グイン……」

「ベック公どのか。お初にお目にかかる。確か、そうだな。――いろいろと、お目にかかる機会はありながら、かけちがっていつもその機会がすりぬけてゆくようだったと記憶している。――これはケイロニア王グイン、このたび、亡き神聖パロ国王アルド・ナリス陛下のご依頼により、クリスタル・パレス及びクリスタル市の奪還をはかるべく参ったもの」

「ウ……」

　ベック公のようすは、奇妙であった。

　グインは、ひどく注意深くそれを見つめていたが、ふいに、あらかじめ決めてあった微妙な合図をして、魔道師部隊の伝令を呼んだ。

ただちに、グインの馬のうしろによりそうようにして、魔道師がひとりあらわれる。

グインはほとんど唇を動かさないでささやいた。

「見てみてくれ。俺にはわからんが、ベック公は正気か。それとも、何か、あやつられているか。——何か魔道のわざをかけられているとすれば、それは何の、どのようなわざで、どのくらいの強度のものかわかるか。——それから、ほかにもそのようにあやつられている、魔の《気》を出しているものがいるかどうか、見てくれ」

(かしこまりました)

ふいに、グインの頭のなかに、声にならぬ声がひびきわたった。グインはそれが魔道師の得意技の《心話》であることはすでにこころえていたので、落ち着いていたが、そうでなかったら思わず叫び声をあげてしまうところだったろう。それほどに、魔道の帝国は、中原のなかにあってもやはり、異質であった。

「ベック公」

グインはもう一度、声を強めた。

「俺のことばがおわかりか。——俺のいうことが、心に届いておられるか。——ベック公ファーンどの。そこもとはたいへんよき武将であり、パロ人には珍しく武辺ひとすじの、筋の通った大将軍なりとかねてより聞き及ぶ。——出来うることであれば、そこもとと和平についての交渉がしたい。無駄な血を流すのは俺の望むところではない。ベック公どの。俺のことばが聞こえておられるか」

「ウ……ウー……ウ……」

ベック公は、奇妙な声をあげた。

かつて、初々しい、いかにも武将らしい、それでいておっとりとした青年であったベック公も、年月のたったゆえなのか、それとももっと他の理由があってなのか、かなり太って、顔色もあまりよくなくなっていた。いや、かなり異様な顔色であるといってもよかった。かつての秀麗な精悍なおもだちの名残はどこかに残ってはいたが、全体にまつわりついている不健康なようすのおかげで、それはかなり大幅に割り引かれていた。最大の印象の変化は――といっても、グインがその当時のベック公を知っているというわけではなかったが――その顔色だっただろう。それは、かつての彼を知っていなくても簡単にわかるほどに異常であった。土気色、というよりも、ほとんど、赤黒くむくんだ上に奇妙な蒼白な色がかかって、なんともいえない、ぶきみな、死体めいた色あいに見えていた。目もまた同じであった。かつてあれほど澄んで迷いもなく聡明そうであったベック公の目は、奇妙などろりと濁ったような色をたたえ、そしてその目は、グインに向けられても、何の反応もうかばなかった。全体として、彼はまるで、奇妙な泥で作ったぎこちない人形が動き出した、とでもいうような印象を与えていた。どうして、このようなまるで病人か死人そのもののような男が、軍隊をひきいて、総司令官として活躍することなどができるのだろうか、と見るものをまどわせるほどだった。

## 2

（グイン陛下）

そのとき、また、そっと肩に手をふれて、魔道師の――それはかねてから、ヴァレリウスがグインづきとしてそばに派遣していた、ギールであったが――心話が静かに語りかけてきた。グインは、そちらをちらりと見たが、何ごともなかったかのようにすましていた。

（ただいま、おおせの通りいろいろと調べてまいりましたが――わたくしの考えでは、ただちにヴァレリウス魔道師――いや、宰相に、ご連絡をとり、ヴァレリウスどのにこちらにおいでいただくほうがよろしいかと存じます）

「ほう」

グインは思わず口に出していらえてしまい、ちょっと困惑したようすをした。

「俺はまだ馴れておらぬので、どう返事をすればいいかわからぬのだが……口に出さなくてもわかるのか？」

(いまなさっているように、唇を動かさず、お考えになっているのと同じように低い声でお話になるのが、一番なさりやすいお答えのなさりかたかと存じます。お考えになっただけでもちゃんと読みとることができますが、そのためには、かなり、明瞭にことばを送り出すという意識をもってお考えになることが必要になりますので、いまは、声にならぬ声でつぶやくようにしていただくのが一番よろしゅうございます)

「わかった。——それはどうしてだ？　なぜヴァレリウスが必要だ？」

(明らかに、私どもが検分しました結果では、ベック公閣下はかなり強烈な魔道に操られておいでになります。……ほかにも何人か、隊長級のものであきらかに傀儡の術によって精神を操られているものがおりますし、ほかにも——じっさいにはこれはもう、かなり前から精神の自由を失っているようだと思われるものもおります。——が、ベック公にかけられている魔道だけが、かなりけたはずれに強力です。——申し訳ないのですが、私どものような力弱い魔道師ですと、ベック公のかかっている魔道をとくのはおろか、それにへたにふれればおそらく——なんらかの事件がおこるような措置が講じてあると思われますが、それが何であるかもわかりませんので。——たとえば、ベック公が突然発狂なさるとか、魔道が妨害されたら自害するようあらかじめ命じられている、などという可能性もございますので)

「ヴァレリウスどのなら、そのあたりの魔道を無事にとくことができるのか」

（はい。ヴァレリウスどのに、同時にディラン、ロルカといった上級魔道師をも同行させ、また、よんど解決しようがなければ、ヴァレリウスどのならば、いざというときにはイェライシャ導師にご質問になることもお出来になりますので。——ヴァレリウス魔道師に、ご連絡をとってもよろしゅうございますか）

「よかろう。ということは……だが、いまここではあまり下手に動けないということだな」

頭のなかからふっと心話の気配が消えた。

グインは、ちょっと考えたが、それは一瞬だった。

「リュース！」

「はッ！」

「ついてこい！　他の者も全員一緒だ。魔道師、ガウスとの連絡をとって、俺の部隊を迎えて合流できるよう、動かしておいてくれ！」

「陛下」

リュースが思わず心配そうに腰を浮かせる。

「どうなさるおつもりで——」

「ベックどのを、拉致する」

無造作に答えるなり、グインは、ひょいと、フェリア号を走らせていきなりベック公の馬前に走り込んだ。はっと、パロ騎士たちが槍をかまえてそれをふせごうとする。グインは一気に大剣を引き抜き、左右に槍ぶすまをふりはらい、そして、ベック公の馬前でひらりと馬から飛び降りた。

「ベックどの、こうしていても埒があかぬ。失礼ながらご同行願うぞ。案ずるな、パロ軍の面々。これは、和平交渉のためだ」

云い放った次の瞬間、大剣はベック公ののどもとにぴたりと擬されていた。

「ああっ」

たちまち、パロ兵たちが驚愕と恐怖の叫びをあげる。

「動くな！」

するどく、グインは命じた。

「動くと、ベック公のおいのちがないぞ！」

自分が、いきなり、どのような窮地にたたされることになったのか、あるいは、それも理解するだけの能力を失っているのかもしれぬ。ベック公は、どんよりとにごった目で、ぼんやりとグインを見つめているだけだ。そのむくんだようなおもてには何の表情もない。

「やはり、これはただの傀儡で、じっさいに指揮をとっているのはこの泥人形ではないようだな」

グインはひそかにつぶやいた。そして、いきなり、ベック公の馬のうしろにとびのり、うしろざまに大剣をベック公ののどもとにつきつけたまま、馬の尻を蹴った。

いきなり、恐しく重たいもうひとりの乗り手に飛び乗られて、ベック公を乗せた馬は驚愕にいなないた。それをそのまま、さらに蹴ると、うろたえてよろよろしながらも走り出す。

「フェリア、ついてこい！」

グインは愛馬に命じるなり、さらに馬を走らせようとした。ベック公は抵抗することもわからぬように茫然とされるがままになっている。だが、重装備をつけたグインの重量を加えられて、それを受け止めるのは、パロの軍馬には少々無理だった。ベック公の馬が、がくりと足を折りそうになった、とみるなり、グインはひらりと飛び降り、同時にベック公を抱きかかえるようにして地上にひきずりおろした。目にもとまらぬ早業であった。

そのまま、フェリアにとびのり、その鞍へベック公を今度はひきずりあげる。たくましいフェリアは二人分の重量に、いくぶん足をよろめかせたが、ベック公の馬のように倒れこむようなことはなく、持ちこたえている。

「よし、行け、フェリア！　ついてこい、リュース、引き揚げるぞ！」

グインはまるで何ごともなかったかのように、鞍つぼにベック公を片手でおしつけた

まま、激しく愛馬の馬腹を蹴った。まるで、一陣の突風が吹いてきて、大将軍をまきこんで空高く舞いあげて去ったかのようであった。ようやく、パロの陣中に大騒ぎがはじまり、必死に兵士たちが追いすがって、司令官を取り戻そうと騒ぎはじめる。

「応戦しろ、リュース」

グインは怒鳴ると、そのまま、あとも見ずにかけた。

「ガウス部隊が、前方右手八百五十タッドばかりのところで合流せんと待っております！」

魔道師の伝令の報告が届いた。グインはすかさず、それへむかって馬の足なみをはやめた。

パロの本陣にはようやくたいへんな騒ぎがまきおこっている。あまりに一瞬の拉致であったので、いったいなにごとがおこったのか、ごく中核にいて目のまえでおこったできごとを見たもの以外には、理解さえできなかったようだ。ベック公とグインが、おぼつかぬながらもことばをかわした、ということでさえ、その目で確認したのはごくごく少数の近習たちだけだっただろう。

いぶかしまれて当然であったのは、ベック公がそうしてあっさりと拉致されてゆくのを、ただ手をこまねいて見送っているばかりで、そのあとではじめてうろたえて指令を連発しはじめた、その両側にいた副将たちであった。が、それもまた、あまりにも意表をつくグインの行動に気圧されてしまった、といっていえなくもなかったかもしれぬ。

　また、あとでギールがグインに告げたとおり、「あの副将たちも、どうやら……完全に通常のままの人間とは申せないようでございます」――どうやら、下のほうの騎士たちは知らず、パロ軍の中枢部のおもだった武将たち、隊長たちは、みな、多かれ少なかれ、何者かによって、精神の操縦を受けているようであった。また、いかにパロの兵士たちが、ケイロニア軍の精鋭に比して弱兵であったといったところで、もしも全員が――少なくとも上層部のものたちがそのような異常や異変をかかえていなかったとしたら、いくらなんでももう少しはまともな戦いになり得たであろう。だが、グインはすでに見抜いていた。

「な……なんとも、無茶なことを――無茶をなさいますな……」

　魔道師の伝令から知らせをうけて、待っていたガウスが、たまげながらもおのれの陣中にグインと、そしてベック公を迎え入れて最初にいったことばはそれであったが、グインは、それにむかっておかしそうに笑った。

「何のことはない。どうも、いかにパロ兵といえど、こちらからいろいろ陣の真ん中を突き抜けたり、あれやこれやと仕掛けてゆくのに、あまりにも反応が遅すぎる。これはもしかして、中枢部になにか異常があるのではないかと思ってな。――もともと、魔道師を使って伝令を通常の軍隊よりもはるかに早く往復させ、情報をふんだんに利用して動くのがパロ軍の特徴だと思っていた。だが、あまりにも対応する動きが遅いので、これはもしかして、指揮官そのものが、どこかからの遠隔操作によって指令をうけているので、当人の判断で動いているのではないのだとしたら、その当人をひったくってしまうのが一番早いかもしれぬ、と考えてみただけのことだ。ガウス」

「それにしても、なんぼなんでも、本陣にわずか百騎で切り込んで、敵将ひとりをさらって引き揚げてきてしまわれるとは……」

「きゃつらは、何も対応できぬようだった」

グインは、あやぶむような目つきで、ベック公を見守りながらいった。

「このまま、ゼノン軍のうしろに入り、そこでヴァレリウスを待つぞ。ヴァレリウスがもしもベック公の魔道をといてくれるのなら、思いがけずここは簡単に解決するかもしれん」

「はあ……」

ガウスは、あきれたように首をふった。そしてやはり、とんだ無茶をする——といいたげであった。

ベック公のようすはやはりしかし、かなり異常であった。自分がそのようにして、一瞬に敵陣中に拉致されたことがわかっているのかいないのか、とうていわかっているとは思われぬようすで、ぼんやりと宙を見つめているばかりで、何の反応も見せぬ。さきにグインが話しかけたときにも同じであったが、どうしても、そのようすをみていれば、なにごとも異常のない普通の人間とは思われなかった。そのどんよりと濁った肌の色や目の色だけでなく、無反応さそのものが、明らかに、ゾンビーとはいわぬまでも、グインがかつてクリスタル・パレスで見た、あのレムス王の命令によってぶきみに機械的に笑ったり歌ったりしていた舞踏会の人びとを思い出させた。

グインはそのまま、魔道師の伝令をとばしてリュースにその場を引き揚げてガウス軍と合流させた。リュースはグインの退路を確保すべく、パロ軍に応戦して多勢に無勢の状態で取り囲まれていたが、《竜の歯部隊》の精鋭の前には、パロ軍はやはり敵すべくもなく、リュースの部隊はそれほど大きな被害を出すこともなく、ほどもなくガウス軍に追いついてきた。それまでには、すでにガウス軍の先陣は赤い街道の防衛線の後ろに入り、ゼノン軍のうしろにまわりこんでいた。グインは単身に近い状態であっさりと、パロ軍の最高司令官をいけどりにして引き揚げてきてしまったのだ。

さすがに、司令官を取り戻すべく、パロ軍はようやく総力をあげて必死の猛攻にかかってきていた。グインは、ゼノンに命じて、全力をあげてそれを防衛線で食い止めて時間を稼げ、と命じておいて、《竜の歯部隊》の残り全員をゼノン軍のうしろにまわってこさせ、そこに臨時の本陣を設営させた。さらにそのうしろに黒竜騎士団の四個大隊をまわりこませて、当面自分がまったく指揮にかかわらなくともよいようにさせる。その上で、グインは、ずっとまるで生きた人形のように茫然と、縄もかけられることなくそこに座ったまま宙を見つめていたベック公にとりかかった。

「ギール、もう心話でなくてもかまうまい。――ベック公がかけられている魔道とはどのようなものなのか、おおよそでも見当がつくか?」

「はあ……失礼いたします」

ギール魔道師は、魔道のまじない玉を取り出して、それで、ぼんやりと宙を見つめているベック公の首のうしろのあたりを撫でるようにしたり、印を切ってみたり、いろいろと奇妙な動作を繰り返した。それから、困ったようにグインの近くに寄ってきた。

「はい。……わたくしのつたない技で見たかぎりにおきましても、ベック公閣下は明らかに、精神操縦の魔道をかけられておいでになりますが――ただ、わたくし程度では、それがなにものがかけたものか、ことにどのようにして解いたらよいのか、というようなことはよくわかりませんし、それを下手に手を出してしまいますと、それこそ逆にいっそうこじれてとけるものもとけなくなってしまうこともあるかと存じます。――いま、もうおっつけ到着するとヴァレリウスどのより心話がございましたし……それまでは、私どもで、一応ともかくもベック公の周辺に結界を張りまして、たとえばなんらかのあらたな指令が、操縦しているものよりベック公に届いて、陛下に害をなしたりすることのないよう、周辺を遮断しておこうと存じますが……」

「ふむ——」

グインはひどく注意深い目でベック公を見つめていた。

「俺はクリスタル・パレスで、何通りかの操られているものたちを見たが……レムスがまずひとつ、それからレムスの奥方や宮廷の連中——それから、すでに死んでいるのにもかかわらず、動き回っている兵士どももいたな。それから、まだ幾通りかあったような気がするが……俺の目には、ベックどののかけられている魔道は、あのレムスの奥方、アルミナ王妃か、あの女性のかけられていたものとよく似ているように思われる。——見ていて、彼女は決して意識がないわけではないが、まったくおのれのからだをおのれで動かすことができなくなってしまっているのだ、と——夢をみている人のような状態でいるのではないかと思われたものだ」

「陛下」

ギールが口調をかえた。

「ヴァレリウス魔道師が《閉じた空間》で到着いたしました。こちらへ？」

「ああ。すぐに頼む」

「お呼びを頂戴いたしまして……」

ヴァレリウスは、相変わらず、黒いフードをまぶかにおろし、ほとんど顔がのぞけないような状態のままであった。

だが、その声も態度も落ち着いていたし、ちょっと見たかぎりでは、彼が、いまどのような状態にいるのか、いつもとどれほど違うのか、ということを見てとれるものはいなかっただろう。

「すまぬな。ギールが、おのれでは手におえぬゆえ、おぬしにきてほしいというので頼んだが、あちらも忙しいだろうに」

「いえ、そのようなことはもう……さいわい、アル・ディーン殿下が、ご葬儀に関しては、いろいろと働いてリンダ陛下をお助けくださることになったようですので……」

「そうか。——これだ、頼む」

まるで、医師の診察をでも受けるかのような口調でグインは云った。

また、事実、そうであったのかもしれなかった。ヴァレリウスは、うっそりと黒い不吉なガーガーのような黒づくめのすがたで進み出て、ぼんやりと床几に座ったままのベック公に目を注いだ。

「——間違いございませんね」

べつだん、手をかざすまでもなく、また、ギールのようにまじない玉をとりだすまでもなくいう。

「ベック公閣下は、かつて私が植え込まれていた、《魔の胞子》を植え込まれておいでです。——申し上げましたでしょう。ある術をつかって確認すると、それが植え込まれている部分が発光する、と。──ごらん下さい」

ヴァレリウスはふところから、何かの粉のようなものをつまみ出して、はらりとベックの背中にふりかけるようなしぐさをした。グインは目を見張った。ベックの武人らしいたくましい背中から肩にかけてが、異様な緑がかった白い光を放ちはじめたのだ。そのなかでも、ぼんのくぼのあたりに、きわだって強い光が集中していた。

「かなり、育っております」

ヴァレリウスはつぶやくようにいった。

「この《魔の胞子》というのは、知らぬあいだに植え込まれ、いつのまにか、それを植え込まれた人間の脳に働きかけて、知らぬうちにその脳をすっかりのっとってしまい、遠くからの──まあ、平たくいえばキタイ王ヤンダル・ゾッグの命令でしか動かないようになってしまうのですが、私もこれをくらいましたのでよくわかりますが、一番恐しいのは、最初のうちは、これは何の感覚もなく、このようなものが植え込まれた、という実感がまったくありません。痛くもかゆくもありませんし、特殊な魔道で見分けぬかぎりは、まったくそんなものが埋め込まれてしまったと見分けることは外からでは出来ませんので。──そしてさらに厄介なのは、そのまま脳にむかって働きかけてゆくので、いつそれに完全に思考が支配されていたのか、わからぬうちに、おのれが自分自身で考えているのか、それとも何かによって操縦され、あやつられて、自分のものではない考えを植え込まれ、送り込まれて動いているのかがわからぬようになってまいります。――あの、ゴーラ王イシュトヴァーンの場合をご記憶であられると思いますが……イシュトヴァーンの場合には、《魔の胞子》を植え込まれたわけではなく、たいへん強力な催眠術をほどこされただけでしたので、それをといてやることでもとに戻ることが出来たのですが、ベック公閣下の場合は……ここまで、この光が強くなっているということは、かなり《魔の胞子》が公の脳のなかで育ってしまっておりますので、もうすでになかばは、脳の半分以上に《魔の胞子》が入り込んでおり、ほとんど、尋常な人としての行動は出来なくなっていると考えてよろしいかと思いますが……」

「それを、無理矢理にとりのぞいたらどうなる？」

「方法がわからなければ、殺してしまうことになります。無理矢理とりのぞこうと魔道で仕掛けてみても、おそらくは、すでに公自身が《魔の胞子》に半分以上同化しているだろうと思いますので」

「では、もう、いったんこれにとりつかれた者を救う方法はないのか？」

「正直いいまして、わたくし自身も《魔の胞子》にとりつかれておりましたので、なんとなくわかるのですが――当人には何ら、なにかの魔道をかけられたとか、よそから操られている、という自覚はないまま、また何の異常も感じないままに、だんだんその操縦は強くなってまいります」

ヴァレリウスはしきりとベック公のまわりに手をかざしてみたり、その目の前で指さきを動かしてみたりしながら云った。

「さいごのさいごまで《魔の胞子》にとりつかれた人間がどうなってしまうのか、というような資料が手元にございませんので推測にすぎないのですが、私の思うにはこの魔道は、魔道というよりも異次元の異様なたいへん小さな、奇妙な属性をもつ生物を人間の脳のなかに送り込んで、それを中継地点にしてキタイの竜王なり竜王がそのとりつかれた人間の脳に命令をしているのであって……生物ですから、とりつかれた人間の体内、というか脳のなかでしだいにはびこり、育ってゆくのだと思います。そうなれば当然その人間自身の脳はそのとりついた胞子に食い荒らされてゆくことになるのではないかと──つまりは、最終的には、《魔の胞子》が脳いっぱいにはびこれば、それにとりつかれた人間は脳を失ってしまい、廃人になるか、死ぬか、しかないのではないかというのが私の考えなのですが。もちろん、そこまでいったものをこの目で見たというわけではございませんので、推測にすぎませんが」

「それは恐しいことだな」

グインはかすかにたくましいからだをふるわせた。

「ベック公はたいへんすぐれた武人でもあられるし、また現在パロ聖王家の成員は非常に少なくなり、ひとりでもそれが欠けるのはこののち内乱がおさまったのちにも、パロ王家にとってはたいへんにつらいところだと思う。なんとかして、ベック公をこの魔道から救い出す方策はないのか。そう考えて、おぬしの力を借りたいと思ったのだが」

「とりあえず、すでにこれは私の手にもおえない段階のように思いますので、私がベック公閣下をお預かりして——他の魔道師たちの力を借りまして、サラミスに連れ戻りましょうか」

ヴァレリウスは考えこみながらいった。

「少々不安なのは、とにかく《魔の胞子》にとりつかれた人間がそこにいるということは、キタイ勢力にとっては、そこに信号を出しているのろし台があるようなものですから——また、それを目当てにやってきて、そこを中継点にして命令を出せばいいのだということになりますから……サラミスそのものはまだ何の体制もととのっておりませんから少々不安ですので、ちょっとはなれたところにどこか、なるべく安全な場所を考えてみて——魔道師たちに結界を張らせてベック公を収容し、そこにイェライシャ導師をお呼びして、ようすを見ていただこうかと思いますが。……それならば、サラミスに迷惑がかかるということもありませんでしょうし。また、この先クリスタルに進攻されてゆくほどに、キタイ王の残していった各種の魔道に支配されているパロ勢力やパロの武将、貴族、王族らと正面からぶつかられることが多くなるかと思います。おそらくは、そのなかのかなりのものがこの《魔の胞子》の術によって正気を失っていたりいたしましょうし……だとすると、私がこのあたりでいっぺん、きっちりと、この術をとく方法や、この術についての知識を身につけておくほうが、お役にたつかもしれません。——とりあえず、私にとりましても、このいくさが早くすみ、クリスタル・パレスが奪還されることなくては、わがあるじの葬儀や慰霊も思うようにかないませんので——当初は、もうあるじの葬儀のことのみを第一義として、いくさについては陛下におまかせしておこうかと考えておりましたが、どうもこの様子をみますと、まだ、私がおそばにいたほうが、陛下にもお役にたてそうで」

「それは、そうしてくれれば俺はまことに助かるが」

グインは云った。

「それにその《魔の胞子》については、俺にはとんと見当もつかぬゆえ、どのようにして、それに対処していったらいいのかもわからん。とりあえず、あまりにもパロ軍のようすが変だと思ったので、本陣に切り込み、総大将をかっさらってきてしまったが、ベックどのと直面したときに、これはと思った。様子があまりにも異様で、尋常ではない。これは俺ではなかなか解決できぬことになりそうだ。この《魔の胞子》とやらはそれに、かなりパロ軍司令部内部にははびこっているように見受けた。なんとかまずは、そいつを片付けぬことには……俺が案じているのは、うかうかとケイロニア軍内部にもその胞子がまかれるようなことになるとおおごとだ、ということなのだがな。何にせよ、おぬしが面倒をみてくれるなら心丈夫だ。すまぬが、ベック公を頼む。そして大至急、《魔の胞子》の術をとく方策を見つけだしてほしいのだ。でないとクリスタルに進攻しても、うかうかとしておれぬだろう。やはり魔道の都の戦いは魔道師でなくてはわからぬようだ」

# 3

「かしこまりました」

　ヴァレリウスは静かに答えた。

「それでは、及ばずながら当面、魔道に関してのみ、お手伝いさせていただきましょう。まずは、わたくしはベック公をおともないしてサラミスの近郊に戻り、なるべく早く《魔の胞子》の術の安全な——それを植え込まれた人間に害を与えぬときかた、そしてその予防や、植え込まれた人間のもっと簡単な見分け方などについて調べて参ります。クリスタル進攻はそれがあるていど目鼻がついてからのほうが確かに無難かもしれませぬ。——それに、確かにもろもろ状況を考えあわせるといまが最大の好機——《魔の胞子》そのものが指令を出しているということではなく、おそらくはこれを中継地点として、それを植え込んだものがそのいけにえを操縦するのだろうということはさきに申し上げましたが、それをしているのは当然ヤンダル・ゾッグでございましょうから、彼がキタイ内乱に手をとられているいまが、この術をパロ宮廷から根治してしまう最大の機会ではないかと思います。――恐しいのは、この動きに気づいてヤンダルがキタイから戻ってきたり、あるいは誰かおのれの代理のできるものをさしむけてふたたび、まだ術がとけきらぬうちにベック公ほかのいけにえとなった人を操りはじめることです。それにこちらが気づかないでいれば、どんどん逆にこちらが《魔の胞子》のいけにえとなってしまい、気づかぬままに味方にあだをなすよう動き出している、という可能性もあります。――が、まあ、とりあえず私のほうはもうイェライシャ導師に教えていただいて、なんとかもうこれにとりつかれることはないと思いますので、私がたえずまわりを警戒していれば、それにとりつかれたものがいればすぐ気づくことが出来るでしょう。――もう一人か二人、信頼できる上級魔道師級のものに、《魔の胞子》の見分け方を教えてやり、ひとりは陛下に同行させ、いまひとりは私の手伝いをさせようと思います」

「ふむ。そうしてくれれば有難い」

「その前にこの魔道と、他の術の違いについてざっと陛下にもお話しておいたほうがよろしいでしょう。人間を遠隔操作であやつる黒魔道はキタイに限らず魔道のなかには普通にありまして、ゾンビー使いの術、死霊使いの術、屍返しの術などと呼ばれています。それぞれに少しづつ違いますが、死霊をあやつるのはこれは今回のような場合とはかなり違いますから除きます。屍返しとゾンビー使いはほぼ同じですが、ゾンビーの場合には生きているうちに術をかけて、死んでからも命令をうけて動くようにさせるのですが、屍返しの術の場合にはすでに死んでいるものや、切り落とされた腕や足の一部などをも使って動かす、まあこちらは念動力の一種です。

　ゾンビーのほうは、その術をかけたものからの指令がこなければ一切動きませんから、ただの人形のようなものですし、指令をかけた者を倒せば一緒に動かなくなりますから同じように人間をあやつる術としては、むしろ始末がいいのです。また、イシュトヴァーン王がかけられたようなただの催眠術は、これはとくのも比較的簡単ですし、のちのちに影響が残りませんから、あまり問題ありません。ただ、《魔の胞子》が一番、よくできていると思うのは、これを植え付けられていても、あまり胞子が脳を食い荒らしはじめる前は、当人は気づかないだけでなく、まわりもそんなこととは気づくことがないのです。日常の生活や話、行動などはごく普通にできます。それゆえ、ゾンビーならひと目みれば尋常でないとわかりますが、《魔の胞子》にとりつかれたものは、魔道で見分けをつけない限りわかりません」

「ということは、いますでにこのあたりにも、それにおかされた者がいない、とは断言できない、ということだな」

「そういうことです。これは、もともと私どもの魔道の世界にはなかった、キタイ独自の黒魔道であるので、私も見分けがつかなかったし、魔道師ギルドも非常にとまどったのです。おそらくはキタイ王というのは、異次元の生物を呼びだして使うということをよくしますので、この《魔の胞子》もそういうものであろうと私は思ったわけです。こういうやりかたで人間の精神をあやつるというのは、これまでわれわれの魔道には知られていなかったのです。——しかし、そういうわけですので、《魔の胞子》にここまで支配されてしまった被害者が、それを首尾よく脳からとりのぞけた場合に、脳がどこまで元通りになるのか、どこまでどういう状態に食い荒らされているのか、ということも実はまだわかりません。ベック公を調べながら私も勉強させてもらい、今後の戦いにそなえるつもりですが、クリスタル・パレスの住人は、いま現在ではたぶんその大半がこの魔道に侵されているのだろうと思いますね。もし、それが回復不可能なものであったら——時間がたてばたつほど、胞子の被害は進むわけですから……その場合には、あるいはクリスタル・パレスの住人の大半を、あえて殺害せねばならぬような事態にもなりかねません」

「それはなるべく避けるつもりではあるが……」

ぞっとしたようにグインは云った。

「だが、場合によってはどれほどの非難を受けようと、それもせざるを得なくなるときがくるやもしれんな。わかった。その場合にはそれなりの覚悟は俺も定めておく。が、おぬしがなんとか、この術を無事にといて被害者をもとどおりにしてくれる方法を見つけてくれるよう念じていよう」

せん」

「私にしても、クリスタル・パレスの王侯貴族、従者や侍女にいたるまでを皆殺しにして、その死体の山しかないクリスタル・パレスにリンダ陛下をお迎えしたいとは思いません」

ヴァレリウスはいくぶん陰惨な微笑を、マントのフードのかげからようやくちらりとのぞかせた。

「なんとか、イェライシャ導師にもお願いして、首尾よくなるべくもとの人格に戻してくれる方法を考えることにいたします。——しかし、してみると、レムス王にかけられた術、というのがこれでなかったのは幸いといわなくてはなりませんでしょうね」

「あれは、違うのか。そうのようだな——あれは、正気のときにはもとどおりのレムスであるように俺には思われた」

「あれはただの憑依であると私は思います。……が、憑依というとそれなりに、相手の精神をそのつど支配しなくてはなりませんからね。——それは、こうして脳そのものがなかば破壊された状態になっているほうが、魔道師にとってはずっと支配しやすいのは確かです」

ヴァレリウスは気の毒そうに、何も目のまえで話されていることばを理解しないようにゆらゆらしているばかりのベック公を見つめた。

「お気の毒に。——なんとかやってみますが、ちょっとでも正気に戻られればよろしいのですが。……だから、もうあの宮廷に戻るのはみずからの首をしめ、死地に入るだけのことだとアル・ジェニウスがおっしゃったのに、あえてその手をふりはらうようにして、自らの目で確認する、といわれてクリスタル・パレスに戻られたので。……現在のクリスタル・パレスがどのような状態になっているか、それも出来ることならなるべく早く魔道師の偵察隊をくんで偵察させたほうがよろしいようですね。いまはキタイ王の結界があるていどゆるんで、中に入れるようになっていれば、の話ですが。以前は、逆に、その偵察隊も取り込まれ、乗っ取られてしまう危険が強すぎて、送り込むこともためらわれたのですが」

「魔道対魔道の争いなどというものは、俺にはまったくわからんが」

グインは溜息をもらした。

「いずれにせよ、これはまた、俺のこれまで経てきた戦いともずいぶんとおもむきが違うようだ。俺は、それについては、やはりおぬしの力が必要なようだな。いろいろ大変だとは思うが、よろしく頼むぞ、ヴァレリウス」

「心得ております」

うっそりとヴァレリウスはいった。そして、考えこむようにベック公を見つめた。

「このかたを正気に戻せれば、他のものも、殺すまでもなくなんとか正気にしてあげられましょう」

ベック公のようすをなおもじっと見守りながら真剣にいう。

「なんとか、《魔の胞子》を無事に抜き取るすべを見つけてみましょう。あとで別のものに《魔の胞子》を見分けるすべを教え、さらに何人か、この術の犠牲者となっているパロ兵なり貴族なり武将なりを見出して、それをケイロニア軍にとらえていただきたいのですが。——何分にも、ベック公ですから、公をまず最初の実験台にするというのも心配だし、はばかられます。より身分の低いものならば実験の材料にしてもよい、などといったら申し訳ないが、とりあえずほかにも何人か見つけられればずいぶんとやりやすくなるのですが」

「それは、あれをとらえてくれとおぬしが云えば、そうするさ」

「ではそれはロルカにでもやらせましょう。私のほうは早速、ベック公を安全に結界の中に囲い込み、サラミスに搬送する手順を」

「馬車でも馬でも、また護衛の兵が必要ならいるだけ使ってくれ」

グインがさらに続けて言いかけたときだった。

「伝令が参っております」

近習がかけこんできた。

「よし。通せ」

「ご報告であります」

走り込んできて膝をついた伝令はせきこんだ口調で報告した。

「ゼノン軍の攻撃の前に、ベック公軍はついに全面的にくずれたち、ほぼ半数以上が、クリスタル方面めざして撤退、敗走を開始いたしました。――すでに隊列も維持できぬありさまで中にはかなりの数、部隊を離れて、軍そのものを脱走して逃亡しようとこころみる者もいるようすであります。残る三分の一強の軍勢はなんとか健気に抵抗をこころみておりますが、さらにゼノン軍がせめたてておりますのでこれも崩れるのは時間の問題と思われます」

「そうか」

グインはうなづいた。

「伝令、ゼノンに、全軍が崩れても、適度に追いすがる程度はかまわぬが、街道をはなれて深追いをすることはせぬようにと伝えろ。さらに、もしも逃亡、敗走したパロ軍がちりぢりになって逃げ散るようなら、無理に追って掃討する必要はまったくない、抵抗をつづける部隊のみ集中的に――それも、全滅させる意図より、戦意を喪失させる意図により攻撃を続けろと伝えよ」

「かしこまりました」

あらたな伝令がグインの命令を復唱し、そのまま走り出ていった。グインはヴァレリウスをふりかえった。

「どちらにせよ総大将はここにおさえてあることだし、ベック軍については、もうこののちクリスタル近郊で再結集させようと思ってもなかなか人数は回復できまい。よければおぬしはもう、ベック公を連れてサラミスへ発ってくれ。俺はこのまま一気にクリスタルまでせめのぼりたいが、そのときにはおぬしにもう、陣中に戻ってきていて欲しいのだ。できることなら、《魔の胞子》の術を解決する方法を持ってな」

「かしこまりました。出来るかどうか、やってみましょう。それでは、ちょっとただいまはギールを拝借いたしまして」

ヴァレリウスはうなづいて、丁重に一礼すると、ベック公の肩にかるくまじない棒のさきでふれるようにした。ベック公はぼんやりと立ち上がる。それを、まるで、うかうかとさわると何かがうつるのをおそれている、とでもいったような慎重な態度で、ヴァレリウスは天幕から連れ出すと、ギールとあと数人の下級魔道師たちに取り囲ませて、そのまま出ていった。

「ううーむ……やはり、魔道の王国だけのことはありますな！」

ガウスが思わず声をあげる。

「えたいの知れぬことばかり起こる。……これがもし、本当に我々だけだったら、どうなっているんでしょうか。案外、とんだ弱敵だとは思いましたが、こうした魔道でも、それなりに戦いようとか、攪乱のしようというものはあるんでしょうか」

「それは、あるさ。だからこそ、この国は中原で最も伝統ある国のひとつとして何千年もの長きにわたって栄えてくることができたのだ。それは、まだわがケイロンが国家として成立してもおらず、小国がたくさんむらがっているにすぎなかったころの話だ。そのことはちゃんと肝に銘じておいたほうがいいだろうな。あだやおろそかでは、三千年もの長きにわたって国を保って来ることは出来なかったはずだ、ということをな」

「しかし、黒竜戦役のときには、大変あっけなくそのパロが落ちたというのは……」

「時代が、いったん、魔道よりも実際の戦闘、兵力、武器を主とする方向に動きはじめたからだ。――だが、いま、またキタイ王の侵略によって、少しづつその動きだした方向が変わりはじめている。だからこそ、俺は、こののち、魔道についてもあるていどはちゃんと心得ておき、視座のなかに入れておくことがわがケイロニアにとってもきわめて重要になるかもしれぬ、と思っているのだ」

「なんだか……時代に逆行するような気もいたしますがねえ……」

ガウスは溜息をついた。グインは首をふった。

「そうではない。つねに、時代とはもとに戻るものではないのだ。次に魔道が注目をあびるときには、それはもう、これまでのようなのどかな魔道ではないだろうさ。キタイ王の魔道、黒魔道師の魔道、《暗黒魔道師連合》の魔道をはらんだ、より強力でより非人間的な、おそるべき魔道が社会のなかに抜扈しはじめるようになるのかもしれぬ、そうでないのかもしれぬ。いずれにせよ俺はなんとかして、それらの暗黒な魔道が中原を支配するようになるのを食い止めなくてはならんと思っている。魔道にはさして強くもないケイロニアのためにもな」

「陛下！」

続けて、伝令が入ってくる。

「ベック軍は総崩れとなりました。すでに、部隊としてふみとどまって抵抗を続けているものはひとつもありませぬ。みな、敗走を開始、ないしばらばらに逃亡をはじめ、二万前後はいたと見られる当初の軍隊は、あとかたもなく崩壊した格好になっております」

「よし。——動きだしの準備だ。天幕をたたんでくれ、移動するぞ」

グインは立ち上がる。ガウスはその豹頭のゆゆしい姿を見上げた。

「どう、なさいますので——これから」

「むろん、クリスタルを目指す。——まだこの先にダーナム、ジェニュアがひかえている。どこからどう、レムス軍がまわりこんで襲ってくるかはわからぬ。一気にクリスタルを目指して力づくで押し通るつもりだったが、少し考えが変わった。まずダーナムをおとし、それから外廻りにまわりこんでジェニュアを落とす。それからクリスタルだ。それだけの時間をかけているあいだにはヴァレリウスが、例の問題をなんとかしてくれるだろう」

「なるほど……」

ガウスはうなづいた。グインはかすかに笑った。

「レムス軍が、その前にこれはどうやら敵するあたわずと悟って、クリスタルに逃げ込み、籠城のかまえをとってしまう、という可能性も考えておかなくてはならんな。だとすると多少厄介なことになる。クリスタルは、べつだんたてこもるにむいているわけでもない、ただの大都市だが、魔道の結界だのどうの、という問題がからんでくるとなるとまた別だし、それに、クリスタルの市民の大部分はこの場合、おそらくは、意識するとしないにかかわらず、レムス王自身の手によって、人質にとられているようなものだからな」

「しかし、まさかに、クリスタルの市民、パロの国民全員がキタイの魔道にやられている、などということもないでしょうが……」

「いや、わからんぞ」

グインはうなるように云った。

「俺の見たかぎりでは、あのとき、俺のみたクリスタル・パレスの住人たちは、ひとりのこらず、なんらかの魔道によって、正気を奪われ、あるいはおのれがどのような状態にいるかまったくわからぬようにされていたようだった。頭を鳥だの、獣だのに変えられる魔道をかけられていたものもいたし、人形のように命令に応じてしか動けなくなってしまったものもいた。もっとも恐ろしかったのは、その人形のようになっているその下で、どうやら正気はまだ残っているようだが、と思えた何人かだったな。正気が奥に残ったまま、からだは魔道にのっとられて、さらにおそるべき魔道に支配されている宮廷のようすを目のあたりにしているのだったら、これはもう、世にも恐しい地獄をみているといわねばならんだろう。――その連中のためにもなんとか、クリスタル・パレスを解放し、キタイの魔道からクリスタル・パレスを救い出してやらねばなるまい」

「陛下！」

そのときであった。

さらにかけこんできた伝令の声は、事態の緊急を告げるように緊張していた。

「ご報告であります。敗走するベック軍の退路をたつようなかたちで、その数およそ二万ばかりと見られる別個の大軍が突如あらわれ、敗走の途上にあったベック軍は大恐慌に陥っております。こちらにかけもどろうとするもの、横にそれて逃げだそうとするもの、指揮するものもなく入り乱れてあたり一帯は大混乱に陥りかけております」

「あらたな二万の大軍だと」

グインは立ち上がった。

「旗印は」

「はい……それが」

「報告！　ベック公軍のゆくてをふさいだあらての軍勢の旗印は、カラヴィアア公アドロンのものであります！」

次の伝令が駆け込んでくる。

「カラヴィア公アドロン」

グインはつぶやいた。

「アドロンの軍勢は、確かクリスタルの郊外でレムス軍とにらみあっていると思ったが……ついにたまりかねて動き出したか。それとも――これはワナか？　その可能性も捨ててはならん。伝令」

「はいッ！」

「トールに全部隊を率いて南側より戦場にまわりこませろ。ただしカラヴィア公軍とのあいだには一切剣をまじえるはおろか、威圧するようなそぶりもしてはならん。ただ、兵をまわし、もしもカラヴィア公軍がベック軍を皆殺しにせんとかかるようなことがあれば、そのあいだに割って入れるよう、用意したまま、そこで待機していろと伝えよ。この上無用の同胞どうしの殺戮を繰り返させるにはしのびぬ」

「かしこまりました！」

「カラヴィア公アドロンか」

グインはガウスを振り返るようにしてつぶやいた。

「ずっと、子息アドリアン子爵をクリスタル・パレスに人質にとられた状態になっていたため、大軍をひきいて国を出ながら、子息を取り戻すための攻撃をかけることも、またレムス側に屈することもできずに立ち往生の状態になっていたのだったな。——だがいよいよ、この状態となってレムス自身も動き出したことで、いまこそ息子を取り戻す好機と腹をくくったのだろう。何回かレムス王とのあいだに交渉もかさねたが物別れに終わったといっていたな」

「はあ、そのようにうかがいました」

「あれはなかなか健気なよい少年だ」

思い出すように、グインは云った。

「ためらわずおのれを犠牲にして、リンダを救うために居残り、レムスの虜囚からようやく解放されかけた身をまたあえて虜囚の苦しみに投じた。なんとか、救ってやらねばならぬとはずっと俺も気になっていた。——ちょうどよい。こちらからもアドロン公に接触してみるか」

「いや、そうなさるまでもないようですぞ」

ガウスが笑いながら云った。次に駆け込んできた伝令の手に、親書を入れるときの黒塗りの箱が握られているのを見たのである。

「アドロン公からの使者か？」

「はい」

伝令は膝まづいて、親書を入れた箱を差し出した。

「ただいま、カラヴィア公アドロンどのよりケイロニア王グイン陛下への親書をたずさえた、カラヴィア公軍の使者が、一個小隊ともども到着し、この親書を先に差し出して、ご得心ゆかばぜひともご引見願いたいと申し出ております。使者はカラヴィア公軍の大隊長、クィラン大佐というものであります」

「よかろう」

グインは、無造作に親書の箱をうけとり、それをあらため、開けて中に入っていた手紙を読み下していた。それをするりとまきもどし、近習に返し、うなづく。

「ご使者をこちらへ。天幕の片付けはそのあとだ。他のものは進発の準備をすすめていろと云っておけ」

「かしこまりました！」

ただちに、カラヴィア公の使者が、二人の騎士をひきつれて、グインの天幕に案内されてきた。いかにもパロ最南部のカラヴィアの住人らしい、かなり浅黒い肌をもったすらりとした武人である。銀色のパロの鎧に、カラヴィア公の所属であることを示す、赤と黄色を交互に配した小布を肩に結びつけ、とって胸にかかえているかぶとのてっぺんの房飾りも、そのカラヴィア軍特有の色あいを示している。

「お初にお目にかかります。拝謁の栄を得まして、恐懼にたえませぬ。それがし、カラヴィア公アドロンひきいるカラヴィア公騎士団第一大隊長、クィランと申すものでございます。こちらは副官リンデル、こちらは伝令要員シェムでございます」

クィラン隊長は、はじめて見るグインの異形に、相当に仰天したようすではあったが、いかにもパロのそれなりの地位にある武人らしく、そんな不作法な仰天した態度をみせぬよう懸命につとめていた。だがその目は落ち着かぬ光をおびて、まじまじと見つめたくてたまらぬようにグインのほうに向けられては、無礼をおそれるのだろう、あわててまた伏せられるのだった。なかなかの二枚目の、そろそろ青年から壮年にかかろうかという年頃の武官である。

「丁重な御挨拶いたみいる。戦中なれば、お互い、無礼講と行こう。カラヴィア公アドロンどのからの親書はただいま拝見した。アドロンどのの軍勢が二十タルザンほど前、敗走するベック公軍のゆくてをはばんだ情報はすでに聞いている」

グインは隊長の前に立った。クィラン隊長はまたしても、グインをしげしげと見つめたくてならぬのを、懸命におさえるようすであった。

# 4

「は……もしも事情がゆるせば、先にグイン陛下にご連絡申し上げて共闘いたしたきところ――そう、わが主アドロンは申しておりましたが、これまでに一面識なく、またパロにあって一地方、それも最南端のとかく野蛮とされる地方の領主にすぎぬわれカラヴィア公アドロンが、突然に、北の超大国たるケイロニアの国王陛下に、面識なきままに、お味方いたしたいの、共闘をお願いいたしたいのと申し上げてもあまりにもご無礼でもあれば、また信じていただくことも困難であろう、と判断いたし、それゆえまずは、おのが軍を動かし、あくまでグイン陛下に敵すべき意志なく、レムス軍を討つの心持によって動いていることをご理解いただいた上でご連絡を申し上げたい、とこのように申しまして――それゆえ、あとさきになりましたが、わたくしが重大なるお使者の役目をおおせつかり、アドロンが兵の半分を自ら率いて移動すると同時にグイン陛下への親書をお持ちすべく陣中を発ってございます」

「アドロンどのが自ら、ベック公軍のゆくてをはばんだ軍勢を率いておられるのだな？」

グインは確かめた。クィランはうなづいた。

「さようでございます。現在ベック軍とはまだ戦闘にはいたっておりませぬ。というより、ベック軍にはほとんど戦意なく、われわれの軍のすがたを見るなりくずれたち、逃亡をはじめたのを、わたくしもそのかたわらを通過しつつ確認いたしました。わが軍ももとより、相手は同胞パロ軍が悪しき魔道により操られてのこと、無用の血は流したくないと、ベック軍、ましてや敗走する者に対してはまったく戦端をひらく心持はありませぬ。ただ、レムス軍がクリスタルよりじりじりと南下を開始しておりまして、これには、公弟アルラン伯爵が、クリスタル郊外に残った部隊一万五千のカラヴィア騎士団の指揮をとりながら、兄カラヴィア公の指示をうけつつ応戦のかまえでおります。ただ、レムス軍は、極力カラヴィア公騎士団とのいくさを避けたいという気持のようで、これまでもいくたびか、最終通告があるじアドロンよりなされましたが、そのつど、協議中であるゆえしばし待ってほしい、あるいは敵対の意志なし、などとその場逃れの返事が参って、結局これにいたるまであるじアドロンはレムス王のその対応に翻弄されつづけているような格好になっております」

おそらく、ずっとカラヴィアからあるじと長い苦難をともにしてきた腹心なのだろう。クィラン隊長の口調には、カラヴィア公そのひともかくやという苦衷のひびきがこもっていた。

「ご親書にもあるかと存じますが、ご存知のとおり、カラヴィア公アドロン公息アドリアン子爵は、ずっとクリスタル・パレスにて、レムス王の人質として虜囚の運命にあります。子爵はわがあるじにはただひとりの世継の男子でありますので、あるじの情愛ひとかたならず、たとえどのようなことがあろうともわが最愛の息子を無事にこの手に取り戻す、それまではどのような忍耐も、どのような戦闘も辞さず、との方針で、国をあげて、日頃は動かさぬ退役軍人や待機の部隊までもすべて動かしてカラヴィアよりクリスタルにのぼり、あるじの希望はただひとつ、アドリアン子爵を無事に取り戻すこと——リンダ王妃陛下よりのご要請、またその前には神聖パロ王国アルド・ナリス陛下よりの援軍のご要請をしばしば受けつつも、わが子の生命の無事を思えば、うかつには兵を動かせぬ立場、お察し下されたく——と、あるじはこのように申しておりました」

「それはもう」

グインは鷹揚にうなづく。

「ご親書にも、るるとアドリアン子爵の安否を気遣う親心が記されて涙を誘うことであったが、何はともあれもはやいまはためらうべき時にあらず。ようやくパロ最強を誇るカラヴィア公騎士団がおのれの旗幟を鮮明にしたとあらば、サラミスにおられるリンダ王妃もさぞかしご安心のことであろう。——して、このご親書によれば、ベック公軍を投降させたのち、俺にご対面なさりたいとのお申し入れだが」

「はい。わたくしが直接に申しつかってまいりましたのもその一件で、わがあるじアドロンはいまのところ、指揮は副官たちにまかせ、いつなりとケイロニア王陛下のご指定になる場所と時間にはせ参じますゆえ、ぜひとも直接にお目にかかって、少々お願いのすじがある、とのことでございました……お願いのすじとはむろん、アドリアン子爵のことよりございませんが……」

「アドリアンどのについては、俺もかねてよりたいへんに心にかかっている」

グインは云った。

「よろしかろう。ベック公軍については、おそらくもう、この上投降の、逃亡の、敗走のというまでもなく、副官が直接まとめているいくつかの部隊のほかは、自然消滅するのではないかと思われる。そう思うゆえあえて敗走するものを追撃して掃討する、という残虐は避けた。もはやベック公軍に戦意なし、というのも、すでに総大将ベック公はわが陣中にある」

「なんと」

落ち着きはらったグインのことばに、うたれたように、クィラン大佐はおもてをあげた。

「なんとおおせられました」

「ベック公はわが手に落ちた。それもあってわが軍の追撃の前に、ベック公軍は総崩れになり、さらにそこをおぬしらの軍にゆくてをふさがれて恐慌に陥って崩壊した、という格好のようだ。もう、この軍は放っておいても特にはかまうまい。この上、編成しなおしてわが軍におそいかかってくるおそれもあまりないと思うが、もしあったところで大したことが出来るとも思えぬ」

グインは不敵に笑った。

「よろしかろう。それよりもすぐにでもカラヴィア公にお目にかかるのが急務だろう。いますぐ、陣に戻られ、公をともない戻られよ。俺は多少本陣を先にうつしつつ、公のおいでをお待ちする」

「か、かしこまりました」

クィラン大佐は平伏した。

「かたじけなきおおせ。ただちに立ち戻り、わがあるじに告げるでございましょう」

「よしなに」

というのがグインの落ち着き払った答えであった。それと同時に、これで会見は終わった、と告げるように、マントをばさりとひるがえして立ち上がる。

「出発！　イーラ湖畔ダーナムを目標として北上を再開する！」

グインのびんと張った野太い声がとどろいた。

カラヴィア公アドロン、パロ最大の軍団のあるじであり、パロの最南部、ダネインの大湿原を含む「パロのなかの南国」と呼ばれているカラヴィアを統べる大貴族アドロンが、身のまわりを警護する一個大隊のみをひきいて、グインの軍に追いついたのは、グイン軍がじりじりと、ベック公軍の追撃を打ち捨ててまたダーナム街道を北上しはじめてから、二ザンばかりののちであった。

グインはただちに、《竜の歯部隊》のみ停止させ、他の部隊を先にダーナムへむかっての進軍を続けさせて、天幕を張る手間ははぶき、しずかな街道ぞいの木々に囲まれた小さな草原におりた。ほどもなくカラヴィア公アドロンが、近習、小姓たち、そして二、三十人ばかりの護衛の騎士たちを従えて、グインが同じく《竜の歯部隊》の精鋭、魔道師の伝令部隊と正規の伝令部隊、近習たちなどを従えて待っているそこへ案内されてきた。

「カラヴィア公、アドロン閣下のおいでであります」

近習が告げる。そこに通されてきたアドロンは、大柄な、がっしりとしたからだつきの、だがどことなく面差しがあのアドリアン少年に似たところのある、端正な目鼻立ちの初老の男であった。銀色のパロのよろいに、上にかけている軍帯はやはりカラヴィアの象徴である黄色と赤を交織にした布で作られている。長いマントは長旅の疲れを示すようにほこりまみれの茶色の革製であった。かぶとはかぶらず、かなり白髪交じりの長めの髪に、額に銅製のバンドをとめている。そこにも、カラヴィア公の紋章であるダネインの水蛇と蓮の花をうったとめがねがつけられていた。

「ケイロニア王グイン陛下！」

カラヴィア公アドロンは、礼儀正しく、隣国の大貴族が大国の国王にするにふさわしい礼をしたが、その間にも、心はそぞろであるようだった。

「陛下！　ようよう、こうしてお目にかかることがかないまして……」

上品な、知的な浅黒い顔立ちだが、その顔はかなりやつれ、疲労と心痛の色が濃い。体調もよく、精神状態もよいときであったら、見るからに貴族的な美男子、といって宮廷の女性たちの人気を集めそうな感じの、いかにもあの美少年アドリアンの父親らしい、端正で気品ある容姿をしているが、それが長年の苦悶と煩悶にすっかりやつれはててしまった、というように、その頬はこけ、目の下にもくまが目立ち、見るからに疲れはてているようすだった。

「ご無理を申し上げてしまいましたが、ともかくも、なんとかして、直接お目にかかって、お話をと……ただそれだけをずっと念じておりまして……ご無礼ながら、このパロに下っておいでになったときからずっと、遠いクリスタル郊外を転々としつつも、陛下のご動静にはたえず気を配らせていただいておりました。……陛下、もう、何もことばを飾る必要もございますまい。アドリアンをお助け下さい。私のお願いは、ただもうそのことだけで……」

「これは、アドロンどの」

グインは悠揚迫らぬようすで、このやつれはてた大貴族の手をとった。

「さぞかしご心痛であろう。アドリアン子爵は、すでに拉致され、幽閉されてどのくらいにおなりになるのであったかな？」

「もともと、ずっとあれはクリスタル宮廷にて、父の代理をつとめさせておりましたが――若い者でございますから、それはもう、水蛇のほかには大灰色猿しかおりませぬような、ダネインのはてのど田舎などより、きらびやかな美姫にみちたクリスタル宮廷からはなれたがらぬのが道理でございまして……」

これは、案外に、飄逸な人柄のようだ、とグインはひそかに目を細めた。もっと、うわさにきくかぎりでは、狷介な、難しい人物のように聞かされていたのだが、いまグインの前にいる男は、いくぶん弱々しい感じさえする、だが洒脱であけっぴろげな一人の心を痛める父親にしかすぎなかった。

「さいごに、アドリアンがどうやらクリスタル宮廷で、こともあろうに謀反の疑いによって捕縛され、投獄された、という知らせをうけて、びっくり仰天しまして、とるものもとりあえず――クリスタルにのぼるわけにも参りませぬので、とりあえず、弟のアルランに代理としてクリスタルにのぼってもらい、事情をうかがわせていただきたいと再三再四、レムス王に懇願いたしましたが、まったく詳しい事情の説明さえいただけることもなく、ただひたすら、アドリアン子爵には不遜のふるまいこれあるにつき下獄された、との申し渡しがあるばかりで——初めてお目にかかったばかりのケイロニア王のおん前でこのようなことを申し上げ、さぞかし愚かなやつ、わが子かわいさに目のくらんだ馬鹿者と思われることはもとより承知の上であります。ことアドリアンめに関するかぎり、不遜のふるまいなど、あるわけもございません。——あれは、わたくしが、あとからあとから女ばかり生まれるのでほとほと目をまわし、いやけがさしておりましたところに、まるでルアーの贈り物のように突然出来ました、ただひとりの息子で……どれほど親馬鹿と罵られ、あざけられ、ばかにされようと大事ありませぬ。まさにそのとおりでございますので……あれこそは私にとりましては最愛の掌中の玉、ただひとりの生き甲斐、この老いぼれにとってたったひとつの生きる希望でございますので……」

ぬけぬけと、と多少いいたくなるようないいぐさであった。アドロン自身、初老とはいうものの、まだ、さほどの年でもなくて、ましてや「老いぼれ」などということばには似ても似つかぬ瀟洒な伊達男であったからである。

「きくところによればどうやら、アドリアンはリンダ殿下のお供をしてクリスタルにあがり、そのまま有無をいわさず幽閉されるうきめにあったとかで——私は不明にして、それまでアルド・ナリスどのが口にされるパロ宮廷内部について、またレムス王についてて、またあの中原をキタイ王がねらっているのどうのというあやしげな言説についてはほとんど相手にもできぬたわごとよと、そのように一笑に付しておりましたが、アドリアンが幽閉されたとの話に仰天して、手をつくして情報を集めてみまして、それではじめて、ナリスどののおっしゃっていたことがどれほど信じがたかろうと、まぎれもなく真実であるやもしれぬ、ということに気づきました。――しかしあまりにもとてつもない、途方もない話ゆえ、はるかな南部のカラヴィアにおりました私がそれをただちに信じる気持になれなかったところで、陛下に愚かよとお叱りを受けることはございますまい。無理もないと云って下さるかと存じます。――また、それまでは、もろもろのいきさつもございまして、わたくし、どうも、クリスタル大公アルド・ナリスというかたが、苦手でございましたので、どうも、ナリスどののおことばを真に受ける気にもなれませんで」

「これは、これは」

ついに、グインは低く声をはなって笑い出した。

「このような際に笑ったりなどして、まことに申し訳もないことだが、カラヴィア公アドロンどのとは、このような人物であられたのだな。いろいろと風評をきくだけではわからぬものだ。もっと気むずかしい、狷介な、堅苦しい人物のようにうけたまわっていたが、会ってみなくてはわからぬものだ。——いや、だが、そうだな。考えてみるとあのアドリアン少年の父君なのだな。あれもまことに素直なよい少年だ。そのような狷介な親の子であったらあのような性格には育っておらぬはずだな」

「あれは、ばかですので」

けろりとして、アドロンは云った。

「さよう、頭のほうは親に似ず悪うございます。しかしまことに性格だけは素直で、なんと申しましょうか、あれほど素直でよい子はおらぬというくらい、素直でよい子でございますので。……カラヴィア公をつぐには、少々物足りぬかもしれませぬが、幸せな生涯を送り、親のわたくしよりずっと皆に好かれる一生を送れる子だと思っております。人間、あまり頭がよすぎぬほうが幸せなようで。——いやいや、それはともかく、あれの頭の悪いのは母親に似たのですが、性格のよいのも母親似で、わたくしがアルド・ナリスどのを苦手だったと申しますのも、あのかたはあまりにも、あの言説によって中原にもパロにもいろいろな混乱を引き起こすもととなるのをにがにがしく思っておりましたからで——その意味では、あまり頭がよろしすぎるのもよしあしというもので、その点うちの息子などはまことにちょうどよろしいのではないかとかねてより思っておったのでございますがねえ」

「ま、それはそうかもしれぬな」

「いや、しかし、その素直なよい子であるだけに、いろいろと、ものごとも信じやすく、だまされやすい部分があるというのは、かねがね危惧しておりましたから」

いきなり、息子の立たされている窮地に思いをはせたかのように、アドロンはうなだれた。

「うわさにきくところでは、クリスタル・パレスのなかのものたちはもう、すっかり人間でなくなるような魔道をかけられたり、生まれもつかぬすがたかたちに変えられたり、また、親子兄弟も見分けがつかなくなるような精神の支配を受けたりするようになっているそうです。――わが子も、あのように信じやすい子でございますから、そんなところに入れられれば当然、あっという間に洗脳されてしまうに違いない。そう思いますともう、とにかく何がなんでも一刻も早くとりかえしてやらねばと気ばかりあせるのでございますが……あのレムス王めの、失礼、いまはかなり恨んでおりますので忠誠なるパロ臣民にあるまじき言動も出てしまいますが、あのくそ王めの引き延ばし政策というか、だらだらと言い逃れだの、口実だのばかりのいいぐさに翻弄されて、といって現実に息子はあの宮廷に幽閉されている以上、あまり強硬手段に出ては息子のいのちに何かあってはえらいことでございますし……そういうわけで、なにやらお見苦しくあちらこちらと迷走させられてしまい、我ながら本当にいやけがさしておるようなしだいだったのでございますが……」

「それはもうさぞかし御心配であろうが、しかし、とりあえずご案じあるな、アドロンどの。俺がさいごに会ったときには、アドリアンどのは、まだまったく正気であられたし、それほどおからだのほうもむごい目にあわされているようでもなかったと思うぞ」

「はい、その話についてはリンダ殿下からうかがいまして」

アドロンは云った。

「あ、それから、わたくし神聖パロ王国というものをいまだに認めておりませんので、リンダさまについては、王妃陛下とはお呼び出来ませんが、ご了承願います。あくまでも、私はアルド・ナリスどのにくみする気持というのは皆無でございましたのでね。今回、このようにして思いきってグイン陛下の温情におすがりしてアドリアンを助けていただこうとお願いするつもりになったのも、たいへん正直に言ってしまえば、アルド・ナリスどのがはかなくなられたということがあったからで、息子がどうあれ、またレムス王めに対してはいまとなっては恨み骨髄でございますから、まったく何の忠誠心も感じませんが、だからといってアルド・ナリスどののお味方にはせ参じる心持というのはわたくしには毛頭ございませんでしたので。……ですから、あくまでもリンダどのについては、わたくしが認めるのはクリスタル大公妃殿下、というお立場までで、ですから殿下、としかお呼びしませんが。それでケイロニア王陛下がお気を悪くなさるということもございますまい。……話がそれましたね。ともかく、そういうわけで、私がどうあってもグイン陛下におすがりしてアドリアンを助けていただこうと思ったのは、リンダ殿下からのご親書を頂戴し、リンダさまがクリスタル・パレスから、グイン陛下によって救出され、そのさいにアドリアンが我が身を犠牲にして居残った、という事情をきいて知ったからだったのでした。まあ、忠誠という点からはまことにもっともでございますし、それはそうすべきであったとも思いますし、騎士道という点からも……女性を救うためにいのちを投げ出すというのは格好いい話でもございますしね。……しかし親の身になってみますと、なんだって、そもそもリンダさまにお供してクリスタル・パレスにいったのが災難のはじまりであったわけですから、なんだってまたしてもリンダさまのおかげでそういう――まああえてこれ以上は申しませんが、息子もまだ若うございますのでね、それは美女の色香に迷うのも仕方ございませんが……」

「いや、まあ……それは……」

「それよりも、むかっといたしましたのは、失礼ながら、リンダ殿下がもう一人だけ連れて脱出できるというのに、スニをお連れになって、アドリアンを残してしまった、というお詫びを書いてこられたことで、それではこともあろうにカラヴィア公アドロンの最愛の息子はセムのサルと見かえられたわけか、カラヴィア公息はサルより下か、というので、しばし茫然と――いや、かなりいきまいておりましたが、そういってもアルランや側近のものどもを困らせるだけでございますので」

アドロンは不平そうに云った。

「まあ、もうそれについてはリンダさまにお恨みは申し上げるつもりはありませんが、しかしもし、あのとき脱出できなかったことで、せがれが何か酷い目にあうようなことが——あるいは、それこそ魔道にあやつられる操り人形になってしまうようなことがあったら、これはやはり、ひとことはリンダさまにはいやみのひとつも云わなければおやじとして、腹の虫がおさまらぬ、とも思うのでございますがね。——が、まあ、もしそうなればなったでそれが息子の運命というものでございましょうが。——そうなれば、もういまから、この年で新しい息子を作って生ませて育て上げる元気もないこと、カラヴィア公家もおしまい、いや、弟のアルランが継ぐことは継ぐでしょうし、あちらには男の子は腹の立つことに出来の悪いのばかり三人もおりますから、それはもうそれで勝手にしろでございますが、カラヴィア公アドロンの人生は終わりですねえ」

「おぬし」

グインは笑いをこらえた。

「面白いやつだな。いや、まことは、心のなかではいろいろといたみも怒りも、やりきれぬものもこらえているのだろうが、なかなかの言いたい放題だな。なかなかに、おぬしと話すのはこんなさいであっても楽しいと思ってしまいそうだな。まあよい、俺がアドリアンどのに会ったときには、まだアドリアンどのはまったくの正気だったし、憔悴はしておられたが、希望を失っても、いためつけられてもいなかった。いまも、そうであることを神に祈るしかない。どの神をおぬしが信じているかはわからぬことだがな。まあ、いい、とにかく、おぬしのいいたいことはわかった。とにかく――」

「アドリアンを助けてください」

アドロンは云った。その憔悴した、端正な顔が、一瞬おそろしく真剣な色をおびた。

「それだけですね。もう――あとのことはどのようでもよろしいのです。カラヴィア公騎士団三万五千は、いつでも、グイン陛下のご命令に従います。全員クリスタル・パレスに切り込む先鋒となって討ち死にしろといわれれば、まっさきかけてこのカラヴィア公アドロンが切り込みます。わが騎士団もすべてその心構えです。そうだな、ザダン」

これは、公につきそってきた副官にむかって云われた言葉だった。副官はひどく真剣な表情で深々とうなづいた。

「どのようなことでもおおせのままに」

「と、あれも申しております。どの一兵卒も同じことをいってくれるでありましょう。――どうか、アドリアンを助けてやって下さい。どれほどわたくしを親馬鹿の救いようもない間抜け、子への愛に溺れるばかな老いぼれと笑っていただいても結構。もう、あれが消息をたってからずいぶんと長い時間がたちました。私の忍耐ももう限界をこえています。このままだと、私は単身ででもクリスタル・パレスに乗り込んでやろうとまで思い詰めていたところでした。もうこうなったら、グイン陛下のお力を借りてパロをあのレムス王めの脅威から解放していただき、クリスタル・パレスの虜囚をときはなっていただくほかはありません。どうかお願いします。アドリアンを助けていただきたい。他には何も望みません」

# 第三話　赤い月

# 1

広大で肥沃な、パロの穀倉地帯をもって知られる南パロスの平野に、ようやくまた、戦いにあけくれる一日が終わろうとしていた。

といっても、結局のところおこなわれたじっさいの戦闘は、ベック公軍とゼノン軍とのあいだのものだけで、それもわずか一ザン内外のあいだに、ゼノン軍の圧倒的な勝利に終わってしまったし、その後、カラヴィア軍の登場をみてベック公軍はほぼ壊滅に近い状態で逃亡、敗走する、というさんたんたるていたらくであったから、つねのいくさのように、黄昏がおりてきた戦場に凄惨な死体がるいるいと折り重なり、負傷者のうめき声があちこちからきこえ、そのなかで巨大な夕陽がまるでこの戦場で流された血によって染め上げられたかのように沈んでゆく、というような光景は、それほど見られたわけでもなかった。

死者も当然出ているし、負傷者も出ている。横転して足を折ったまま呻いている馬や、その下敷きになって、助けをもとめる声もしだいに弱々しくなってゆく不運な騎士などもたくさんいるのだが、それもしかし、つねのいくさから見たら、むしろ驚くほど少ない数でしかない。それに、グインの命令によって、ゼノン軍の兵士たちも、深追いもせず、また掃討戦になるような激烈な戦いかたはまったくしなかったので、むしろ前線であった野原に倒れている死傷者は、きわめて不運だった者だけであった。

そうはいっても、その数少ない死傷者にとっては、訪れてきた運命はつね日頃のいくさと何の違いもなかったのではあるが――

グインはいったん総大将のベック公をとらえ、ベック公軍が崩れ立ったあとに、両軍双方の負傷者を収容して手当し、死者は一ヶ所に集めて、ケイロニア軍の死者にはしかるべき、いつも遠征先での戦没者に対して可能なときにはほどこす、家族のためにその遺物や遺髪を持ち帰るよう手配し、屍のほうは可能なかぎり埋葬する、という段取りを命じてあった。もっとも、ケイロニア軍は、負傷者こそ若干名いたけれども、死者のほうはまた、きわめて少なかったのだが。

パロ軍の死者に対しては、一応死者に対して払うべき敬意を払ったあとは、パロ軍にまかせようということで、そのまま一ヶ所に集められて布をかぶせて置き去りにされたが、それだけでも、この時代の軍勢としてはずいぶんと情理をつくした扱いようといわねばならなかった。たいていの場合は、家から遠いところでたたかいに斃れた死者たちは、そのままかえりみられることもなく打ち捨てられ、もしもその死をあわれんだ近在の農民たちがそれを埋葬してくれでもすれば大変な幸運、それが人里離れた草原や深い山岳地帯のまっただなかでもあろうものなら、そのままそこでよろいかぶとをさびつかせたまま朽ち果ててゆき、白骨となって、さらに長い年月ののちにちりにかえってゆく、というのが、おおむねの運命でしかなかったのだ。負傷者にしてもそうで、負傷が軽ければおのれの力でなんとかそこを離脱して助けをもとめて農家の戸を叩くこともできたかもしれないが、動くこともできなければ、友軍に見捨てられたものはそのまま苦痛にうめき、かわきにあえぎながらむざんに息絶えてゆくか、あるいは、さらに恐しい《戦場稼ぎ》の手で身ぐるみはがれて捨てられて死んでゆくしかなかった。また、農家に助けを求めていったものでも、いつなんどき、そちら自身が切り取り強盗のたぐいにかわらないとも保証はできなかったので、農家でもよほど親切なものでもないかぎり分厚い木の扉をあけて招じ入れ、看病してくれるような幸運はなかったし、せいぜい水と薬と当座の食物をでも恵んでくれれば、もっけのさいわいというものだっただろう。それでもまだ、おのれの故国のなかで戦っている分には多少はマシだった。はるかな遠征においてもむいていれば、ひとりになったとたんに、怪我などしていない健康な兵でも、敵意をむきだしにカマやナタで襲いかかってくる復讐心に燃えた民衆、実りの大地を踏みにじられて恨み骨髄に徹している農民たちに襲いかかられる確率のほうがはるかに高かったのだ。この時代、医学も衛生学も発達しておらぬことでもあり、怪我をして軍を離脱すればすなわち死、単身で脱走するのもまた、死でないまでもたいへんな苦難と困窮を意味するものであった。

ベック公軍はしかしそのまま、同胞の死傷者をかえりみる余裕もなく敗走し、さらにゆくてをカラヴィア軍にふさがれてほぼ壊滅した状態になったため、その後の反撃はむろんのこと、このようなむざんな敗北のありさまを、あるていどでも兵士をまとめて、クリスタル近辺に出兵しているはずのレムス王に報告をもって引き揚げた隊長たちがどのくらいいるのかさえわからないありさまだった。もともと職業軍人であれば、いかに文弱のパロといえども、そこまでふがいないすがたをさらすことはなかったが、国王騎士団などの精鋭ならばともかく、ベック公騎士団であれば、下のほうの歩兵などは、ベック公領からの徴兵による、兵役に従事している素人の若者たちである。かれらにとっては、パロの内乱も、クリスタルでのぞっとするような展開などもどうでもよく、ただひたすら無事に兵役の期間をつとめあげてもともとの職業や家に戻ることができるのだけを心待ちにしているもののほうがはるかに多かったから、このような敗戦のうきめをみたときに、かれらをひきとめる強力なくびきは何もないといってもよかった。

グインのもとに次々ともたらされる報告が、そのベック公軍のむざんな崩壊、ほとんどあとかたもないとさえいってよい崩壊ぶりを如実に告げていた。ことにベック公がグインに拉致され、虜囚となったことがじっさいには、ベック公軍のとどめをさしたのだ。グインがいみじくも云ったとおり、

「おそらく、総大将をむざむざとかっさらわれ、その上一ザンともたずにゼノン軍に切り立てられて崩れ去った、などという状態で、レムスのもとに戻ったら、こんどはそちらの首やいのちがあやうい、というおそれもいまのパロ軍にはあるのだろうな。それよりはまだしも、逃亡して内乱がしずまり、レムス・パロが崩壊するまで隠れひそんでいたほうが安全だと判断したものが多かったから、このような見栄も外聞もあったものではない敗走になったのだろう」というものであっただろう。

それはまた、逆にグインの目からは、ベック公軍に限らずパロの兵士たちがいかに、レムス王を恐れているか、という例証のようにも思われたのだったが――

カラヴィア公アドロンは、そのまま、息子を救出するに力を貸してくれることを条件に、グインとのあいだにかたい盟約をかわすと、いったんおのれの軍に戻ってゆき、そしてグインの忠告に従って、クリスタル方面をのぞいて他の三方向へは、ベック公軍の残党が自由に逃亡できるように兵をさりげなく脇街道に移動させた。それによって、グインは、ベック公軍の残党がクリスタルのレムス軍と合流するのを防ぎ、かつ、ベック公軍が自然に壊滅するままに逃亡させるようにしたのだ。ベック公軍は、残る副官らが

なんとかしてとりまとめようとはしているようだったが、アドロンの軍が移動を開始した時点で、それをおのれらへの徹底的な攻撃開始の合図ととらえたのかもしれぬ。それまでも相当に周章狼狽していたものが、さらにいっそう狼狽の極に達して、ほとんどちりぢりに四方へ——といってもクリスタル方面以外の方向へ、てんでに敗走をはじめたので、日暮れまでには、ベック公軍はすでに、一千とはまとまったかたまりではなくなっていた。ちりぢりばらばらに逃げ延びた兵士たちはそのまま、ダーナムの西やロードランド、アラインのほうへまで逃亡してゆくようだった。ベック公騎士団の幹部と、それがひきいる精鋭部隊らしい一つ二つの部隊だけが、最初は必死にクリスタル方面への撤退をこころみようとしているようだったが、圧倒的なアドロン軍の移動が開始されると、それに威圧されるように、街道をはなれ、ずっと細い脇街道のほうへと移動していった。グインもアドロンもそのような雑魚を追うそぶりはまったく見せようともしなかった。それよりもはるかに重大な事柄——レムス軍の本隊が、このあっけない敗戦の知らせをうけてどうやらいよいよ動き出すようだ、という知らせが、斥候から入っていたのだ。

だが、どうやらその動きはきわめてゆっくりで、少なくとも今夜中、あすじゅうといった速度では、ダーナム周辺に到着するのは無理と見られた。魔道師の偵察部隊の偵察によれば、レムス王はまず、ずっとクリスタル郊外でにらみをきかせつづけていたカラヴィア公アドロンの軍勢が、突然動きだして一気に南下したことにかなりとまどったらしく、それへの警戒をあらわに、先鋒の五千ばかりをカラヴィア軍のあとを追いすがるような、その真意を確かめようとするような様子見のおっかなびっくりの態度で南下させた。これは南下といってもイラス平野を細い、主街道ではない道を使って突っ切り、ダーナムとアラインのまんなかくらいをルカ、シランの方向にむけて下らせたのである。先鋒をひきいるのは、おそらくおしたてた旗印や紋章からして聖騎士侯マルティニアスと思われた。

一方、これまた魔道師の報告では、レムス王自身はいったんクリスタルを出たものの、なぜか、マルティニアスに兵をあずけて南下させ、さらにそのうしろから、いざというときの援軍のためだろう、二万をひきいた聖騎士侯タラントに十モータッドばかりの距離をおいてやはりクリスタル郊外を進発させただけで、当人はどうやらおのれの主戦力をひきいてクリスタル・パレスに戻ったように見られる、ということであった。

これは、当然のことながらグインの陣営にもさかんな軍議を呼んだ。グインはトールとゼノンをいったんおのれの陣営に呼び寄せて、ガウス、ディモスら主だった武将ともども夜営前の軍議を行わせていたのだが、かれらの判断もふたつに割れた。ひとつは、レムス王が、ベック公軍の敗北のしかたを報告をうけて、とうていおのれのパロ兵の力では、世界最強たるケイロニア軍に敵すべくもないとおそれをなし、あえてさいごのとりでを死守すべくクリスタルにとじこもったのだろう、という見方。

いまひとつは、いや、そうでなく、魔道王であるレムス一世がこのようなあやしげな行動に出たのはおそらくなんらかの魔道の操作やたくらみを考えているからであり、それがやりやすいように魔道の都クリスタルに戻って、さらにこののちのあらたな仕掛けをたくらんでいるのかもしれぬから、油断してはならじ、という見方。

いずれも、それなりに理のある見方であったし、どちらとも言い得もすれば、また、あるいはどちらもあったのかもしれなかったが、いずれにもせよ、レムス王が、おのれが先頭に立って軍をひきいてグイン軍との戦いにむかう気持を失い、マルティニアス、タラントといったおもだった武将に応戦をまかせてクリスタル・パレスにまたしてもひきこもろうとしていることは確かなようであった。どちらにせよ、誰も、それをたいして不思議とも思わなかった——魔道王としてのあやしげな策略はまた別として、レムスは、若くして即位して以来、おのれが武将として兵をひきい、軍を指揮して戦場に出て勝利をおさめたり、あるいは采配をふるったり、という経験はきわめて少ない——というよりありていにいって、ほとんどなかったはずだからである。

レムスはごく若くして——わずか十五歳でパロ聖王として即位したが、そのさい、パロをモンゴールの占領から取り戻したのはクリスタル公アルド・ナリスと、ベック公ファーンであり、レムス王自身は一応かたちばかり陣頭指揮にたつことが数回はあったもののそれはついにきびしい本当の白兵戦とはならないような後方での戦いでしかなかった、ということは誰でもが知っている。そしてまた、そのことに、おのれが武将として認められておらぬと焦ったことが、レムス王のさまざまな齟齬や奇怪な運命のはじまりであったことも、いまとなっては中原のものみなが心得ていることであった。

　そうして、その結果、いまやアルド・ナリスの死去という、いうなれば偶然の結果によって、パロ内乱はレムス王の有利には展開したものの、その内乱においても、レムス王自身はまったく陣頭には立っていない。戦ってきたのはオヴィディウス、マルティニアス、タラント、ベック公、といった武将たちだし、そしてまた、現在、ケイロニア軍が神聖パロのいくさをいわば《肩代わり》したことによって、レムス軍は急激に窮地に立たされている。ベック公軍は、弱体なパロ軍のなかではまだしも勇猛とされていたほうで、それがこれほどにあっけなく壊滅する、というのは、レムス王にしても大変な衝撃であったに違いない。

「だからこそ、私としては、このあとレムス王が反撃してくるにはもはや、魔道しかないだろうと思うのでございますが……」

　ガウスはかなり、パロの内情を、グインのかたわらにあって知るようになってきている。

「いや、だが、それならそれで、例の竜頭の軍勢とやらをおしたててちょっとはレムス王自身がたたかいの体制を見せているはずだと思う。このレムス王のクリスタル・パレスへのひきこもりかたは、どう考えても退却、所詮かなわぬとみての籠城にしか思えないのだが……」

グインの副官からいでて、いまや堂々の黒竜将軍として大軍をひきいているアトキアのトールは首をかしげる。

「いや、しかし、なにせあいてはパロの魔道王ですからな。どのようなたくらみがあるのかは、それはあまり安直に考えるわけにもゆきますまいし……」

と、これはワルスタット侯ディモス。ゼノンは年少をはばかってか、いちいちその意見にうなづいて考えこむばかりで、何も口を出さぬ。

かれらはみな、一様に、おのれの意見や考えを言い終わるたびに、その支持を求めるように、豹頭のケイロニア王のほうを見やる。だが、グインは何を考えているのか、微動だにせず、ただ面白そうにトパーズ色の目をきらめかせて、諸侯の意見に耳を傾けているばかりだ。

「申し上げます」

近習が駆け込んできた。

「ただいま、ゴーラ王イシュトヴァーンどのの軍勢が追いつき、一モータッドほどわが軍よりも南西にとりあえず夜営の体勢で停止いたしました。ついては、御挨拶とこののちの打ち合わせをいたしたい、とイシュトヴァーンどのがこちらにじきじきに、身辺警護の少数の兵のみを連れておいでになっておられます」

「それはまた、行動の早いことだ」

ようやくグインはからかうように口を開いた。

「よかろう。むろん、会わねばなるまい。おりよく軍議でここに諸将もちょうどおそろいだ、この席にお通ししてくれ」

「かしこまりました」

近習は走り去る。ほどもなく、陣中に、足音高く入ってきたのはなにやら妙に勢いこんだイシュトヴァーンだった。

「おお、イシュトヴァーン。着いたか」

グインは悠揚迫らぬ声をかける。イシュトヴァーンは、ナリスの死以来ずっとかなり落ち込んでいたが、それをなんとか闘志にすりかえることに成功したとみえて、この席にあらわれたときには、ずいぶんとやつれてはいたものの、一応それなりに元気そうには見えた。

「グイン、直接に云いたかった報告がある」

イシュトヴァーンは、まるで褒美を期待して何かをくわえてきた犬のように勢いこんで口をひらいた。居並ぶグイン軍の武将たちのことは、ちらりと目をやったきりで、まったく問題ともせぬようすである。

「諸将の前でもかまわぬようなことか？」

グインがきくと、イシュトヴァーンは一瞬、意表をつかれた顔をした。それから大きくうなづいた。

「ああ、何だってかまわねえ。なあ、おい、レムスの畜生め、俺のとこに、使者を送りつけてきやがったぜ」

「ほう」

「確かヴァレ——ヴァレリウスが俺のなんたら催眠というのをといてくれたんだろ。でもあっちは、まだそれがとかれたって気づいてねえのかな。……なんかよくわけのわからねえ文面でさ」

イシュトヴァーンはよろいの内ふところから、たたんだ密書のようなものを取り出した。

「これを見てくれ。俺はなんか、これを見ていたらちょっと妙な気がしたんで、あまり見ないようにして持ってきたんだ。それも、ヴァレリウスの野郎のいったあのなんとか催眠とかかわりがあるのか」

「見せてみるがいい」

グインは手をのばして、イシュトヴァーンが差し出したそれをうけとった。そして、注意深く開いて読み下した。何回かくりかえして目をさらし、それからなにやらしきりとうなづきながらそれを半分にたたむ。

「ギール魔道師はおいでかな」

「はい、ここに」

すっと、うしろからギールの黒いすがたがあらわれた。

「これはおぬしでわかるかな？　これも例の、イシュトヴァーンがかけられた後催眠の術というのとかかわりがあるようか？」

「拝見いたします」

ギールはグインの差し出した手紙を受け取り、きわめて慎重にそれをそっと、開く前にまずまじない紐で前後左右をふれ、それから開いて、さらにそのまわりをぐるりとまじない紐でふれた。

「はい、確かに」

あまり考えるまでもなく結論の出るような状態であったらしく、大きくうなづく。

「この手紙は手紙と申しますより、イシュトヴァーン陛下にかけられた後催眠を発動させるための記号を送り込むものだと存じます。私程度の魔道でもそのくらいはわかります。――イシュトヴァーン陛下は、この手紙をごらんになったとき、頭が痛いようなお気持ちになりませんでしたか」

「ああ、なったなった。だから、なんだかうさんくせえから、もう二度と見ないようにしてたんだ。自分で持ってるのも本当はイヤだったんだが」

　イシュトヴァーンは肩をすくめた。

「おもてむきの文面は、まあべつだんごくありきたりな、自分のほうに味方して共闘してくれないか、っていう申し入れなんだがな。それだけじゃなく、それを見ていると俺はなんともいいようのない、くらくらした気分になってきて……」

「文面自体のどこに、後催眠、すなわちあとになって効力を発揮する催眠術の発動する記号となることばが埋め込まれているのかわかりませんが、もしもヴァレリウスどのが後催眠をおときしてなければ、ただちにこの手紙を見られしだい、イシュトヴァーン陛下は、うしろからケイロニア軍にむかって襲いかかられるか、あるいは逆に、レムス王の指令によってサラミスに向かうようになるか、というような、ケイロニア軍に敵対する行動をとられていたのだろうと愚考いたします」

　ギールは慎重に、その手紙そのものを、おのれがかくしから取り出した黒い袋のなかにいれ、細いまじない紐をおのれの首からひきぬいてそれでしっかりと縛りあげながら云った。

「もう、大丈夫です。——ただ、記号となる言葉が埋められているだけではなく、この手紙の紙やインクそのものにも、魔道の効果をより大きなものにする黒蓮の秘法が織り込まれておりましたが、それもこのように隔離いたしましたので……イシュトヴァーン陛下がもっと精神的に弱いかたであられたら、ただちにこれに影響されて、きっかけとなる記号のことばまでお読みになりしだいお人柄が一気にまた、憑依されたものに変わっておられただろうと思います」

「やっぱりな」

イシュトヴァーンはイヤな顔をして地面に唾をはいた。

「どうでもそんなことだろうと思ってはいたぜ。——きたねえ手を使いやがる。だから、魔道だの、パロだのって連中はごめんだ。……まったく、なんだってんだ。ひとのことをあれやこれや、こざかしい手管で操りやがって、結局、正面からぶつかってうち負かす力がねえからなんだろう」

「それはまったくその通りに違いないが、しかし、ということは、この後催眠については、レムス王のほうは、それがヴァレリウスによってとかれた、ということは、関知できないままなのだ、ということか?」

グインが何気なさそうにきいた。ギールはうなづいた。

「後催眠というのは、ゾンビーの術のように、かかったものを指令によって思いのままに動かす、という術ではございませんで、その術をかけたときに、これこれのきっかけとなることばをきいたら、これこれの行動をとるように、という単純なひとつだけの指令を——もうちょっとは複雑な場合もございますが——脳に刷り込むものであったと思います。ですから、そののち魔道師が接触することがなくなりますので、この、きっかけのことばが投げられてくるとき、というのをはずしますと、ほかのものには、その人が後催眠をかけられてこういう行動をとっているのだ、ということは一切わからず、ただ、突然にまったく理にかなわぬ異様な行動を取り始めたようにしか見えません。いってみれば《かけ捨て》の魔道のようなもので。ですから、そのかわり、その術が効力を発揮したかどうかは、そのかけられた当人の動きによって判断する以外、かけた魔道師側にもわからないであろうと存じますが」

「ふむ」

グインはつぶやいた。

「それは面白い。——面白いな」

「は……？」

「イシュトヴァーン。……おぬし、これから、まっすぐに、クリスタルに入れ」

「何だと？」

「むろん、今夜、夜を徹して行軍しろといっているのではない。——今夜は極力、俺の軍からはなれたところに夜営し、明日の朝になりしだい、我々はダーナムに向かうが、おぬしはアラインをめざし、アラインから、クリスタルにむかって北上してくれ」

「なんでだ。俺がクリスタル攻めの先鋒をひきうけるってことか」

「そうではない。いや、そうともいうが」

ふっと、グインは不敵な笑みを浮かべた。

「おぬしのその後催眠というのは、レムス王自身がかけたものではないはずだ。レムスを通して、キタイ王ヤンダル・ゾッグがかけたものであるはず——そしてそれは、レムスに味方し、かの呪われた王太子アモンが成人するまでの短いあいだ、頼りないレムスにかわって、ないし力を貸して、アモンのためにパロを守ってやってほしい、というものだろう。……ならば、そのとおりにしてやろうではないか」

「なんだと。……はは、ああ、うん、そういうことか」

イシュトヴァーンは、最初とまどってグインを見つめたが、すぐに、グインの意図するところを飲み込んだ。

その黒い目が悪戯そうにきらきらと輝きはじめ、その唇が酷薄ににんまりとほころんだ。

「いいとも」

イシュトヴァーンはニヤリと笑って叫んだ。

「やつらの催眠術にかけられてやろうじゃねえか。そのくらい、屁でもねえや。——俺がその、アモン王太子様とやらをお守りしに、クリスタルに先乗りしてやればいいんだろう。わけもねえ。面白い、やってやるぜ」

## 2

だが、いずれにもせよ、それは翌朝の話であった。

とりあえずイシュトヴァーンは他の武将たちを人払いした場所で、グインと二人で綿密な打ち合わせをすると、なにやら面白そうにおのれの陣地へ戻っていった。本来、ゴーラ軍は、ケイロニア軍を追って赤い街道をのぼってきており、すでにケイロニア軍本軍より一モータッドくらいのところまできていたが、グインのすすめによって、夜営の場所はもうちょっとはなれた、シラスの森の周辺まで引き下がることになった。なるべく、グイン軍と接触していないように見せかけたほうがいい、というグインの提言のゆえであった。

カラヴィア公アドロンの軍も、これは逆の、北東の方向に、クリスタル街道を中心として、グイン軍からややはなれた丘陵地帯に陣を張っている。もう、夜であった。

どこかで、犬が遠吠えをしている。妙にもの悲しげな声だ。

「すげえ」

陣中で、誰かが感嘆の声をあげた。

「見てみろ。赤い月だ」

まさに、兵卒たちが指さすとおりであった。

暗く暮れきった星もない空のなかほどより下めに、巨大な、あやしい血のような赤色を帯びた月がぽかりと浮かび出ていた。その表面にはえたいの知れぬ暗色のかげりがいくつも浮かび、それが見ようによっては、（あざけり笑っている魔王の顔）のようにも見え、また、（苦悶する髑髏の顔）とも見えて、人々の心をさかなでした。

「なんて、気味の悪い月なんだ……」

「あんな月は見たこともない。いったい、何が起ころうとしてるんだ？」

「凶兆でなければよいが……」

「よせ、縁起でもないことをいうのは！」

「案ずるな、俺たちには、豹頭王陛下がついておいでじゃないか。何ひとつ、あのかたがおられるかぎり、俺たちに悪いことなど、起こるものか」

「だが……」

ぶきみな真っ赤な月は、まるでその地上の騒ぎ、うろたえぶりをあざけるかのように、輪切りにされた赤い巨大な顔面のようにそこにかかって下を見下ろしている。

またしても遠くで犬が鳴く。――それとも、このあたりにはいないはずだが、それは狼であるのかもしれぬ。

「だとしたら……魔物が化けたやつかも……」

「云うなッ」

「だが、ここは魔道の国だしな……それになんといっても、キタイ王に憑依されたのされないの、よくわけはわからないが、あのレムス王ってのだって、なんだかあやしいし……」

「云うなったら、もしもよくないことを呼び寄せることになったらどうするんだ？」

いくぶんふるえる声で古参兵たちが若い新兵を叱りつける。

「こういう戦場近くでの夜には、ついきょうの戦闘で死んだ死者の魂だっていくらでもうろついているんだからな。うかうかとそういう縁起でもないことをいうと、その死者たちの魂を呼び寄せてしまうことになるんだぞ。知らないのか」

「そんな、そのほうがよほど縁起でもない話じゃありませんか……」

ざわざわ――ざわざわ、と、ひとの心は浮き足だっているようだ。

グインはゼノンの軍を後衛にさげ、クリスタル寄りの先陣にトールの軍を動かさせた。そして、おのれはそのまんなかに、ディモス軍と《竜の歯部隊》をひきいてどっしりと夜営の用意をさせ、同時に「魔道についていたずらに怯えうろたえ、ありうべからざるうわさにふける者は、すでに魔道の術にはまりつつある者である。かたくかまえて魔道

について の雑言に耳を貸さぬよう」と通達させた。

ようやく、それに加えて「早朝出発、明日じゅうにダーナムを攻め落とす」というふれがゆきわたると、ケイロニア軍の勇士たちも多少落ち着いたようにみえた。かれらは、それぞれに配られた糧食と、わずかばかりのはちみつ酒で元気を取り戻すと、さらにいっそう、明日のいくさのための体力を取り戻そうと、マントにくるまって寝てしまった。むろん、時間でかわる歩哨たちは、かなり大勢が割り当てられ、じっと一睡もせずに槍をかまえ、馬や徒歩で陣の周囲を定期的に歩き回りながら、その見張りの時間の終わるのを待っている。

グインの本陣のまわりは、ちょうど人家もとぎれめになった、ひっそりとした赤い街道のはずれであった。ちょうど街道がアラインにむかう小さな細い脇街道とふたまたにわかれて、片方がダーナム、片方がアラインにむかう分かれ道になっているところで、もうちょっとゆくと小さな宿場町があるが、このあたりは、かなり深い森林が左右にひろがり、その周囲はゆたかな畑地だ。その森を背後にとって、グインはおのれの軍の陣を敷かせていた。

「陛下。――お休みになりませんので？」

そっと、ガウスが、グイン用に張られた天幕に入ってきて心配そうにようすを見に来る。

「小姓が、陛下がまだ床に入られぬと申しますので、ご様子を見に。……何か、お考えになっておられでも？」

「いろいろとな」

グインは、珍しく、寝酒のつもりか、旅行用に持参するゴブレットにはちみつ酒を少しつがせて、それをゆっくりと味わいながら、一人で座って何やら考えこんでいたところのようだ。

「うかがってお差し支えなくば……何を、お考えになっておられましたので？　明日の行軍のことなどを？」

「いや」

グインはうすく苦笑をはいた。

「少々、珍しいことを……考えていた」

「珍しい……？」

「ああ。妃は、どうしているか、というようなことをだ」

「あ」

ガウスは、ちょっと困惑した顔をした。そのような打ち明け話の相手をつとめるには、おのれでは役者が不足だ、と感じたようだ。

「さようで、ございましたか……あの、トール将軍をお呼びいたしましょうか。お伽のお話のお相手になりと……」

「いや、いい。トールともさんざん、飲んで話したものだが、今回は、明日になればあれには先鋒をつとめてもらわねばならぬ。いまのうちに体力をつけておいてもらわんとな。それに――」

「は……？」

「それに――まあいい。まさか、そんなこともあるまい」

（あの、クリスタル・パレスにひきこもったのは見せかけの目くらましで、まさかに、そうと見せかけてまんまとかごぬけして、夜の奇襲をかけようなどということは。――それはない、クリスタルからでは、どれほど夜を日についで早駈けしたとしても、今夜半にわが軍を奇襲することは不可能だ――それこそ、あの、古代機械をでも使わぬかぎりは）

そして、古代機械にはいまのところ、一挙にひとつの軍隊を別の場所に転送するような、そんな巨大な力はない。最大限でも、人間をいちどきに二、三人運ぶのが限度だ。

（だのになぜ、妙にこう……妙な胸騒ぎがするかな……）

おのれが本来、霊感というようなものが、強いたちなのか、そうでないのか、グインにはよくわからぬ。

そもそも、霊感だの、第六感だの、というものをどこまで信用し、どこまであてにしていいのかが、グインにはよくわからぬのだ。イシュトヴァーンなどは一も二もなくおのれの直感のひらめきを判断の最大の基準にするようだが、グインは、そこまで直感的にはなれぬ。

（ふむ……珍しいことだな……）

だが、グインには、おのれのその妙な胸さわぎ、夕方がまったくの夜にかわってゆくあたりから起き始めたその胸騒ぎもまた、おのれを診断し、おこる出来事を予測するかてでしかなかった。

（俺にもこのような……妙に気が立って神がかりめいて敏感になるところがあるのか。あまりそのようには心づかなんだが……）

だが、むしろ、グイン自身は、もしもおのれがなんらかの直感に確信が持てたときには、何ひとつ逆にためらわずにその直感に従って行動してきたがゆえに、かえっておのれを迷信ぶかいとか、神秘主義的であると感じるいとまさえもなかったのであったかもしれない。

（だが、まあ……そうでなくては……レムスとても、ヤンダル・ゾッグが見込むほどには闇にとらわれたパロの魔道王であるのだ。このまま、ベック公をあっさりさらわれ、クリスタルに攻め込まれてあっさりと本拠地を明け渡すようなことがあれば、いくらなんでも体面にかかわるだろう。……魔道王としての逆襲はそれなりに考えているはずだが……)

「陛下」

ガウスがいくぶん寂しそうにいった。

「それでは、よろしければ、わたくしは先にやすませていただきます。……といっても、仮眠をとる程度でございますので、いつなりと御用がございましたらお呼びいただければ」

「ああ、すまんな」

グインはうなづいた。が、心はすでにまた、遠いさまざまな気がかりの上にあった。

「それでは、失礼いたします」

ガウスが出てゆく。小姓が新しい酒を運んでこようかと顔をのぞかせたが、グインは首をふってそれを断った。

「もういい。しばらく、一人にしてくれ、俺も仮眠する」

そうとでも云わなくては、一人になる時間とてもなかっただろう。

グインは、イシュトヴァーンほどに、切実に誰をも人払いして一人になる瞬間を求めるタイプではなかったが、それでも、このような、奇妙な疑惑とも胸騒ぎともつかぬものにとらえられて、いろいろと思いにふけりたいときには、ちょっとした孤独を欲するときもあった。彼は手をのばして、折り畳み式のテーブルの上においたゴブレットをとったが、中はもうからだった。

(かわりを申しつけるのだったかな。ま、いい、まだ戦場だ。飲まずにおくか)

ふと奇妙な寒気のようなものを覚えて、グインは、愛用の大剣を手元にひきよせた。それをからだにひきつけるようにして置いていると、そこから力のみなもとがわきあがってくるような気がする。

(それに……そうだ、しばらくのあいだ、忘れていたな……)

つと、腰にいつも肌身離さずかくし袋にいれてつけている、小さな袋を取り出し、そのなかみを手のひらにあけて、グインは眺めた。

(ユーライカの瑠璃……)

手のひらのなかで、小さな——小さいとはいっても、グインの巨大な手のひらの半分ほどに、すっぽりおさまる程度の大きさである——そのなかに無数の青い炎をとじこめたようなあやしい宝玉がまたたいている。それは、久々に外に出られたことを喜んでいるかのように、ゆらゆらとあやしくゆらめいていた。

(元気でいたか。ユーライカ——しばらく、多忙ゆえ外の空気にもあててやらなんだが)

(もちろんですわ、王さま)

話しかけられるといっそう嬉しそうに、ユーライカの瑠璃はゆらゆらと燃え上がる。

そのなかに無数の青い火の玉が舞い上がっては消える、ふしぎな乱舞が、見ているとまるで、見ているものをそのなかに吸い込んでしまうかのようだ。ただの瑠璃玉ではなかった。いや、グインがそれを手にいれたときの、ふしぎな美しい妖しい宝玉でさえなかった。それは、革の袋にしまわれてグインと同行しているあいだに、なんだか、おのれ自身のいのちを得て燃えさかっている、青い炎そのものを球にとじこめたかのような進化をとげていた。

(どうして、突然、お前を見てみたくなったのかな……)

(それはもちろん、魔の《気》が近づいてきているからでしょう、王さま)

(魔の《気》)

(さようでございます。私にも感じます。……また、私をしっかりと袋にいれて、こんどは胸に、心臓になるべく近いところにつけておいて下さいませ。微力ながらも、瑠璃の玉の魔力でお守りいたしましょう)

(そのようなことができるのか。——いや、そのようなことが必要なような何か巨大なものが迫っているのか?)

(そう、巨大というほどでもございませんけれど、闇はとても深くて暗い……)

ふいに、ユーライカからほとばしってくる、ことばにならぬ心話のたぐいが消えた。

グインは低く唸った。いつのまにか、首のうしろの毛が逆立ち、トパーズ色の目が、緑色の光をおびて燃え上がりはじめていた。知らぬまに上唇がめくれあがり、恐しい形相になった。めったに、部下の戦士たちにも、ましてや国民たちにも見せることもないような警戒と不快のあらわな形相である。

（誰だ）

「誰だ！」

二度目には、声に出して、グインは叫んだ。

だが、王がちょっとでもようすが違う声を出せば、ただちにようすを見にとびこんでくるはずの小姓も近習も、護衛の兵も、まったく入ってくるようすもなかった。

もやもやと――あやしく、何かの魔気がうずまき――空気が変わりはじめているのを、グインははっきりと意識した。日頃彼のそのなかで生き、遠く離れていてさえおのれの周辺に持ち運んでいる、健康的で常識ゆたかで、そしてめったにはこのような暗黒にひきこまれることのない《中原》の――それもすがすがしいモミの木のかおりにみちたケイロニアのかおりが、彼の周辺からあとかたもなく消え失せて、かわってなにやらどろどろとした、暗黒な、そして妖しい不快な黒魔の《気》がたちのぼってきつつあった。

それは、彼にとっては、目新しいものではなかった――ルードの森で目覚めたときにも、また、ノスフェラスの夜でも、またあのあやしいキタイでの冒険、黄昏の王国をさまよい歩き、ノーマンズランドのふしぎな怪物やあやしい住人たちと近しくなっていたころにも、見知っていたものであった——ほどもなく、夢魔がたちあらわれてくる、あるいは魔道の何かがはじまる、それを知らせる、あやしくおぞましいねっとりと濃密な空気であった。

（これは……）

（コレハ）

（コレハ）

（コレハ）

からかうように闇が口まねをした。いや、グインは口にさえ出していなかったのだから、なにものかが、グインをからかって、グインの脳裏にうかんだことばをひったくり、ひきずりだし、それをまねしてこだまのように繰り返したのだ。

グインはぐっと口をひき結び、ユーライカの瑠璃を革袋にしまってしっかりと鎧下の左胸のかくしにしまいこみ——ふしぎなことに、そこにおさめると、かなりの大きさのあるその玉は、ベルトのかくし袋につけているときと同じく、どこに消えてしまうのかと思うほどに小さくなって何の邪魔にもならなかった——それを確かめてから、大剣をひきよせ、足のあいだにかかえこんだ。いつでも抜けるようにして、じっとうずくまり、何かを待つ。

もう、小姓を呼んだり、だれか衛兵や、もっと力のある武将を呼ぼうという気持はまったく消えていた。そのようなことをしても無駄であることはわかっていたのだ。

（仕掛けてきたな……）

レムスがその仕掛けの当人であるかどうかまでは、断言はできなかったが、おそらくそうであるに違いない、という気がした。グインは飛びかかる瞬間を待ってうずくまる巨大な猫のように闇のなかで身構えた。

何かがおこる——いや、起きなくてはならぬ。その、予感はいまや予感であることをこえ、あまりにもはっきりとした知識にさえたかまっている。

（そうだ……）

それはまぎれもない、いくたびとなくあちこちで味わってきたあの《魔の空間のはじまり》を示す予感であった。まもなく、何か魔道のあやかしがはじまる——それは、必ず《悪》と黒魔道と、そして闇とに属するものであるはずだ、という。

（あ……）

固唾をのんで見守るグインの前で——

ふいに、天幕の、奥のほうのすそがふわりと持ち上がった。

と思ったとき——

異形のものが入ってきた。

グインは、息をつめてそれを見つめた。異様な悪寒と嘔吐感とがつきあげてくる。

（これは……）

（これは……何者だ……）

なにごともないかのように、天幕を持ち上げて中に入ってきたもの。

それは、なんともいえない、グロテスクな戯画であった。

というよりも、《悪夢》そのもの、といったほうがよかったかもしれぬ。

それは、十歳か十一歳くらいの子供が四つん這いになった程度の大きさのものだった。

——からだだけを見れば、それは、少なくとも、犬であった。

というか、中原で《犬《バウ》》として知られているオオカミの子孫によく似た四つ足の生物だ。全身に美しい銀色の長い毛をはやし、そして——よく見ると、ただの犬であるにしてはかなり、胴が長い。といって、バランスをくずすほどではない。足もかなり長いし、長い美しいふさふさした銀色の尻尾がついているので、全体としては非常に美しい犬に見える。

その、顔さえなければ——だ。

その《犬》の顔は、グロテスクな、ぞっとするような悪意にみちた、中年の男の、永劫の苦悶をきざみつけたような顔であった。

その犬は、人間の顔をもっていたのだ。

（お前は……）

グインは思わず叫びたくなるのを歯を食いしばってこらえた。

だが、グインのせきとめたその叫びは、充分にこのぞっとするような魔犬には伝わったようだった。

その男の、疲れはてたような、絶望をたたえた顔が、くしゃくしゃとゆがんだ。なんともいえぬおぞましい光景であった。

いや――

これほど、おぞましい光景は見たこともない――とさえ、グインはひそかに思っていた。その、犬のからだから生えている人間の首は、正視するのさえ恐しいほどの絶望と恐怖と苦悶をたたえていて、そして、まるでからかうかのようにその頭にはつややかな茶色の髪の毛がやや長めにきれいに貴族らしくカットされてそろえられ、その額に銅製の輪がまかれているもので、なおのこと、ぞっとするように見えた。男の顔はくしゃくしゃにゆがんでいて、その顔はもともとはなかなか端正でもあれば貴族的でもあったのだろうに、ひどい苦しみと信じがたいような懊悩のはてにもう二度ととれなくなってしまった、とでもいうような深いしわがいたるところにきざみこまれていた。本当はまだ中年にも、手をかけたばかりの程度の年頃だったかもしれないが、もうあと少しこのままでいたら、百歳の老人のようにさえ見えてしまったかもしれない。犬のからだと、ひとの顔をもつ男――あるいは犬は、うつろな、苦しみをたえず訴えているかのような茶色の目でグインを見上げた。

「私は、クリスタル・パレスの文官、アマリウスと申すものです」

その、犬のからだから生えた人の首が、苦しげな、耐え難い悲鳴をそのすぐ下にたたえているかのような声をしぼりだすように出した。

「レムス・アルドロス陛下のご命令により、特使として闇をしのんでケイロニア王グイン陛下のもとに参りました。……レムス陛下よりの使いのおもむき、申し上げます」

「………」

グインは、ゆっくりと息を吸い込み、大剣をしっかりといつでも引き抜けるよう身構えたまま、異様なこの怪物を凝視した。アマリウスと名乗った人犬は、ふいに仮面のような無表情になって、ずらずらと口上をのべた。

「パロ聖王国第三王朝第十二代聖王、レムス・アルドロス一世陛下より、ケイロニア豹頭王グイン陛下への御伝言。――パロ聖王国は神聖にして、野蛮なる他民族の侵すべからざる最後の聖地なり。あえてその聖都クリスタルを侵さんとの暴虐をこころみる者あらば、すべての神、またすべての人の運命を司る祭司、怒りのいかづちをもってむくいん。パロ聖王国の心臓クリスタルにそれを侵さんとの目的をもって近づく野蛮暴虐の徒は、ただちにそのむくいをうけ、未来永劫その魂は救われず、その生は永劫の苦悶のうちに堕ちはて、その妻はそむき、その子は失われ、その心は闇にとざされ、そしておそるべき最後の恐怖と孤独と悪夢のうちにこの世でもっとも恐るべき最期をとげるべし。きけ、豹頭王よ。わが手元にはカラヴィア公アドロン子息アドリアン子爵あり。またアグラーヤ王息女アルミナ王妃あり。他にも多々その無事を案ずる人ありてやまぬ者達クリスタル・パレスの内にあれば、万一にも暴虐野蛮の北方の怪物、クリスタル・パレスを侵すときにはただちにこれらの人々に恐怖の運命襲いかかるべし。さよう心得よ。おのがなさんとしているおそるべき暴挙につき、恥じておもてを伏せよ。——パロ聖王国国王レムス一世申す。よろしくうけたまわれ」

「……………」

グインは一瞬黙っていた。

それから、不敵に笑ってうなづいた。

「御伝言の儀、確かにうけたまわった。お使者大儀」

「私は……私は、立派な貴族なんです」

突然、悲鳴のような声で、アマリウス——と名乗った人犬が絶叫した。

それでも、誰ひとり、起きてくる気配もない。

「私は……こんな、こんなおぞましい、世にも恥ずべきすがたで生まれたわけじゃない。いったい、何で私がこんな姿にかえられてしまったか、おわかりですか。とうてい、おわかりにならんでしょう、あなたには。いや、おわかりになるわけがないんだ」

「もとより」

グインは慎重にいった。アマリウスは肺腑をえぐるように絶叫した。

「これは、あのひとの洒落なんです。……ケイロニアの豹頭王は豹の頭と人間のからだを持ってる。なら、それへのお使者にたつには、ひとの頭とけだもののからだを持ったものがふさわしかろう、そういわれて、あのかたが、私をこんなにしてしまったんです。この使者に立たせるために。あのかたが、私を、こんなに」

「あのかたとは、レムス王か」

グインは気の毒そうにたずねた。アマリウスは狂ったように顔をのけぞらせ、甲高い笑い声をあげた。

「違う、何をいってるんです。ケイロニアの英明な豹頭王ともあろうおかたが。あの男に、あのばかにそんな力があるものですか。あれはただもう、自分のしでかしたことにおそれおののいて来る日も来る日も泣きわめいているだけです。そうじゃない、そんなんじゃない」

「では、誰だ」

するどく、グインは切り込んだ。アマリウスが、ヒーッと細い笛のような音をたてて息を吸い込んだ。

# 3

「言わせるんですか」

人犬のアマリウスは、その顔をくしゃくしゃにゆがめながらほとんど啜り泣くように叫んだ。

「それを私に、この私に言わせようとするんですか。酷い。どうしてそんな酷いことが出来るんだ。云いたい、云いたくてたまらない。だけど、云ってしまったらこの私はどうなるんだ。ああ、だけど云いたい。私を、私をこんな姿にしてしまって、ああ、私の自慢の足が、腕が、こんな……犬畜生のからだに変えられてしまうなんて。どうしてこんなことができるんだ。どうしてこんなことが許されるんだ。いったいルアーの神は、ヤヌスは、ヤーンはどこにいったんだ。こんなことがあっていいのか。こんなことがあり得るものなのか。いったい……いったいこの国の神はどこへいってしまったんだ」

「俺はかつて、それと同じ嘆きを訴える民に出会ったことがある」

グインは静かにいった。

「フェラーラというはるかなキタイの地方都市でだ。そこでは土地神たちさえもが、神が喪われた、といって泣き叫んでいた。……この世から、神を失わせる者は、何者だ？」

「あああああ」

アマリウスは絶叫した。そして苦悶のあまり地面をころげまわった。

「云いたい」

彼はむざんに叫んだ。それから突然キャンと叫んではねおきた。

「かまうもんか」

そのもとは端正であったであろう貴族的な顔をくしゃくしゃにして、人犬アマリウスは叫んだ。

「もうこんなすがたにされてしまって……もう私は生きていたってしかたがない。どういうことになったってかまうものか。私の知り人たちもみんな、ぶきみな鳥頭の怪物だの、犬頭の怪物だの、蛇頭の化物にすがたを変えられてしまった。パロは滅びてゆこうとしてるんだ。だのに私ひとり、こんなすがたで、恥をさらしながら……由緒正しいアマルのタリナス家の末裔アマリウスともあろうものが、こんなすがたをさらしながら生きのびることなんか出来るもんか。云ってやる。何度でもいってやる。私たちをみんなこんなすがたにしてしまったのは、みんなあいつだ。私は知ってる。こんなすがたになったので、いろいろなことがとてもよくわかるようになったんだ。クリスタルの宮廷は、あんなに美しかったクリスタルの宮廷は、いまや化物とゾンビーと死人しかいない、とんでもない伏魔殿になってしまった。みんなあいつがしたんだ。私は知ってる。レムスじゃない。レムス王はただの傀儡だ。レムスにはそんなことできやしない。みんな、あいつがやったんだ。あいつが、操られて……そもそもまだ親の腹のなかにいるときから、あの呪われたやつが父親を——父親といっていいかどうかわからないが、それをあやつっていたんだ。なんて呪われた話なんだろう。あいつ、あいつだ。そうです、あいつがこんなことをみんなしたんだ。しかもあいつは女官を食ってる。やわらかい女官と小姓から食っているんだ。私は見てしまった。あいつは人間の脳を食う。食って記憶を奪う……ヒッ！」

アマリウスは悲鳴をあげた。

突然に、人犬のからだは、空中高く見えない手につるしあげられていたのだ。

同時にまわりのようすが変わっていることにグインは気づき、はっと剣を引き抜こうとした。だが、からだは鉛のように重たくなっていた。

（金縛り——？）

「お前は、口数が多い。アマリウス侍従長」

奇妙なぞっとするような……それでいて、きいた瞬間に妙にひとをはっと金縛りにしてしまうような魔力を感じさせる澄んだ声。

ぞっとするような声が、しかも澄んだ少年の声だ、というのは、なんだかとてもおそろしいことであった。それは、もっともあってはならない冒瀆の組み合わせであるがゆえに、ぞっとするような蠱惑をさえともなっていた。

グインはのろのろと剣を抜こうとしたが、どうしても腕を——彼の金剛力をもってしてさえ、かるく持ち上げることさえも出来なかった。いまや、その一帯はようすがかわっていた。あたりは真っ暗な巨大な闇夜そのものとなり、天幕もなく、そしてむろん天幕の天井もなくなっていた。グインが見上げても、おのれの身長の二倍もありそうな高みに、人犬アマリウスは見えない手によってつりあげられ、弱々しく四つ足をふりまわしてもがいていた。あたりはねっとりと見るからに《魔》の気にみちた異空間にかえられ、そして——

ちりばめられている星々はみな異様な真紅にまたたいていた。そして、真っ赤な巨大な月があざけるように、いつのまにかその表面に髑髏をうかべた、血まみれの顔面のかたちとなってかれらを見下ろしており——

どこかで、シャラララン、と奇妙なくらいすきとおった鈴の音がきこえた。

「出てこい」

グインは怒鳴った——いや、怒鳴ろうとした。口もまた、しびれていた。

「いやだなあ」

さわやかな——そしておそろしいほどに凶々しい少年の声が答えた。

「いま出てゆくところでしたよ。……そんなに、あらけなく呼び立てなくても、どうせ、僕はあなたに会いにきたのに。豹頭王グイン」

「出たな」

グインはまた——口が動かなかったので、心で念じた。

暗い空が裂け、雷鳴がとどろいた。雷鳴が照らし出したのはもはや本陣のあった天幕のあたりではなく、それは、きょうのひるま激しい戦闘の行われた、その死者たちがむざんにうつろに横たわったまま打ち捨てられている、あの戦場のあたりの草原であった。

そして、その戦場を背景に、いなずまに照らし出されながら——

《彼》が立っていた。

「…………！」

さしものグインも言葉を失った。

（い……つの間に……）

そこに、立っている——というにしては、足が地面から一タールも浮いていたのだが——ほっそりとした、すばらしく美しい少年——

それはどうみても、十二、三歳にはなっているはずだ。

ほっそりと未熟な、いかにも少年らしいからだつき、細く華奢な首に、小さな端正な、またとないほど整った顔。かなりつりあがっているのでちょっと顔全体に妙に東方めいた印象を与えている切れ長なアーモンド形の瞳、そしてさえざえと赤い——その背後にある月と同じ色合いの唇。

なんともいえないほど可愛らしい鼻、長いまつげ、そして青ざめてみえるほどすきとおるように白い肌——そのからだに、ゆったりとした、白い絹のいかにも貴族的なチュニックと黒い長い袖無しの上着を羽織り、下は黒いゆったりしたシルエットの足通し、それに黒い膝下までの革の長靴。

つややかな黒い髪の毛——いや、だが、それは、じっと目をこらしていると、まるで炎の蛇が頭から生えているかのように千変万化した。闇そのものが凝り固まって命を得たかのような髪の毛は、首の少し下、肩の線あたりできれいにきりそろえられ、そして額には、何かを飾るためではなく、何かを隠すためのようだ、とグインがひそかに感じたような、巨大な銀の呪文を刻んだ半円形のかざりをまんなかに取り付けた《王家の環》——まるでその聖なる聖王家の一族のあかしを許し難い冒瀆でからかうためだけのように、見かけは《王家の環》でありながら、その環は銀ではなく、何か漆黒の宝石のようなものをはめ込んであるように見えたが——

比類ないほど美しく、そして比類ないほど毒々しく——いや、だが、そんなことばで

は語り尽くせぬような、正視することさえはばかられるような妖気をはなつ怪物がそこにいた。

そのすがたを見るなり、アマリウスの口からたてつづけに狂気のような悲鳴がもれはじめた。妖しい美少年はひょいとちいさなあごをあげて、上を見上げた。

「うるさいな」

酷薄に、彼は云った。

「もうお前の用はすんだ。そんなに、人犬にされたおのれが悲しいなら、殺してその苦しみを終わらせてやるから、安心して王太子アモン殿下の御慈悲にすがるがいい」

「ヒ……」

「どうした。死にたいんだろう？」

怪物は、おだやかにいった。それから、ゆっくりと、細い、しなやかな、指さきの爪までもバラ色に輝くような美しい指をたかだかとあげ、かるく合図した。

とたんに、アマリウスの口から絶叫がほとばしった。アマリウスのからだをささえていた何かの見えない手がはずれたのだ。

「助けてくれ。落ちる」

「おや、おかしいね？　お前は、死にたかったんだろう？　そんなすがたになって、生きながらえていたくないんだろう？」

アモンは嘲笑った。だが、おのれがどうなりつつあるのかを知ったアマリウスの口からは、いまや本格的な、狂ったような恐怖と苦しみの悲鳴がほとばしりはじめていた。のどもさけるほどに彼は絶叫した——それも無理はなかった。

彼の、人の首と、犬のからだをもったすがたは、いったん、たかだかとさらに吊り上げられてから、虚空を落下して、大地に叩きつけられようとしていた——だがそれはないみの落下ではなかった。

通常であったらとうていありえないような、おそろしくゆっくりとした——一ザンのあいだにようやく十分の一タール落下する、というほどに非現実的な速度で、アマリウスは、中空のたかみから、大地にむかって落下してゆきつつあったのだ。信じがたいほどの恐怖に、アマリウスの顔はぐしゃぐしゃにひきゆがみ、たてつづけに絶叫がほとばしった。

「やめてくれ。許してくれ。怖い。お願いだ、助け……助けて……」

「アモンのことを口にしたら恐しい——お前が一番恐れている死に方をすることになるよ、と云っておいてあげただろう?」

妙に優しい口調で悪魔が云った。その赤い唇が、満足げに、残虐な快楽を味わうようにひきさけて吊り上がり、ピンク色の、猫のように愛らしいとがった舌があらわれて、その唇をねっとりと舐めた。

グインはぞっとしながらこの光景を見つめていた。まだ、かの淫魔ユリウスのほうが何百倍も人間くさいし、かわいげもある、と――場合によってはヤンダル・ゾッグ当人でさえ、この、素晴らしい美少年の姿をした怪物よりははるかにましである、と認めざるを得ない心持であった。

「やめろ」

グインは唸った。知らぬあいだに、また上唇がめくれあがり、おそろしい形相になっていた。

「やめさせろ。――そいつを殺す理由はない。それともきさまは、殺戮が楽しいのか。いわれもない虐殺が」

「もちろん」

清らかな――ほとんどあどけないといいたいような少年の唇から、清らかな美しい、声変わり直前の透き通った声でもれてくるぞっとするようなことばが、グインをおののかせた。

「この世で一番楽しいことのひとつでしょう、ひとをなぶって殺すのは。特にこうしてその苦しみをとことん長引かせてやれる場合にはね。……なかなか、楽しいな、そうでしょう。そうでないといったって駄目ですよ……ほら、まだあと十タールもあるよ、アマリウス君……そこを落ちきるまでには、のどもかれてしまって声が出なくなるだろうね。それまではやかましいけれど、せいぜい叫んでいたまえ。僕はやっとお目にかかれた豹頭王と話をしているから」

「きさま……」

恐怖に本当に狂ってしまったらしいアマリウスの声もかれがれな悲鳴に耳をふさぎたい思いで、グインは怒鳴った。

「やめろ。あいつを降ろしてやれ」

「いやなこった」

少年はいたずらっぽそうに笑った。これほど可愛らしく――だがこれほど純粋な《悪意》そのものにみちみちた清らかな笑顔、などというものが存在するとは、グインでさえ、想像したことさえなかった。

「もうあのばかな下らない人犬のことは忘れて、もっと面白い話をしましょうよ。……ねえ、レムス父上は本当にばかだと思いません？　あんな下らない伝言を持ってゆかせようとするなんて……人質をとって、それがあなたになんらかの効力があると考えるなんてね！――あなたは、そういうことがあればあるほどいっそう手強くなるだけだろうに。それに首尾よくベック公を取り返しましたね。あれはなかなか虚を突かれたな。一気にあんなことするとは思わなかった。やっぱりあなたはとても抜け目がないんだ」

「俺は、きさまと話をしたくない」

うめくようにグインが云った。アマリウスはそのあいだも、あまりにもすさまじい恐怖に泣き叫びながら少しづつ、少しづつかれらの頭上高くを落下してきつつあった。通常の落下が、百分の一の速度で行われているような、そんなおそるべき地獄図であった。

「俺は誰も憎んだことはないが……」

「僕は特別？　素晴らしいな！」

アモンが文字どおり目を輝かせた――といっても、きららかに輝いたその双眸は、瞬間に、かつてグインがみたあのおそるべき、宇宙空間がそのなかにひろがるようななんともいいようのない妖しい闇の光とでもいうべきものに満たされていた。

「ねえ、僕、ようやくずいぶん大きくなったでしょう？――これでも本当に急いで急いで、急ぎすぎて危険なくらいに急いでいるんだけど、でもまだ、時間がとても足りない。ああ、早く大きくならなくちゃいけないんだけど……でもこんな情勢じゃねえ、僕の力だって、なかなか思うように発揮できない。それに、正直いって、宮廷に居残っているやつらはもう出し殻のかすばかりで、何の栄養にもならないんだ。僕が早く大きく育つためにはね……」

「この……」

グインの食いしばった歯のあいだから、珍しい悪罵が洩れた。

「この――化物め！」

「僕のこれから生まれるはずの弟たち、妹たちを全員まとめて焼き殺してくれて、有難うね、グイン」

少年は世にも艶然と微笑んだ。その瞳と口調と、そして微笑みとにこめられたしたたるような憎悪と悪意とは、どれほど形容しても、し足りるというものではなかっただろう。

「あのおかげで……あなたがそんなよけいなことをしてくれたおかげで、僕の――僕の母体の計画も大狂いだし、おまけにこれもあなたが糸をひいたりいろいろ仕掛けてくれたあのキタイの反乱のおかげであちらも大騒ぎ、このままじゃあ、僕まで危なくなってしまう。……だからもうね、僕は、待っているのはやめたんだ、本当にちゃんと成人しきるまでね。あとものの三ヶ月もあれば、なんとか、十六にはなれたんだけど……さすがに、十歳あたりをすぎると成長の速度が落ちてくるね」

まだ、この怪物は、グインがリンダを救い出してともに神聖パロに戻ってきたときには、五、六歳のすがたをしていたのだった。

それからまだ、せいぜいがひと月足らずしかたってはいない。そのあいだにこの化物は、七、八年分も成長したのだ。だがそもそも、かれが生まれてから、まだ二、三ヶ月しかたってはおらぬはずであった。

グインはぞっと身をふるわせた。もともと健康な彼の心もからだも、この、見かけは天使のように美しい、闇から生まれた怪物とともにいることさえもいやがって、あとずさりしていた。

「御挨拶だな」

そのようすをみて、アモンはうっすらと冷ややかな笑みを浮かべた。

「そんなに毛嫌いするなんて！　同じ化物仲間だというのにね。そして僕なんか、あなたのその異形にくらべて、こんなに美しいというのに。――ああ、でも、僕のあのアルド・ナリス伯父上は惜しいことをしたな。あの人を食べてしまいたかった。あの人を食べたら、本当にいろいろなものが手に入っただろうにな。古代機械の謎まで、食い尽くせたかどうかわからないけど……いいことを教えてあげましょうか。僕がその相手の脳を食べてその人の知識を吸収するとき、その人が生きているあいだしか駄目なんだよ。これはどうあっても改良しなくちゃいけない点だね。でないと……本当に人間というのは、すぐに死んでしまうんだものねえ。どんなに気を付けて、少しづつ吸っていっても……」

「吸血鬼め」

グインは低く、たえがたいように罵った。その声を、上からの、

「助けてくれ……頼む、もうやめてくれ、許して……」という、息もたえだえなうめくような叫びがかき消した。

「吸血鬼って」

いくぶんむっとしたようにアモンが、黒髪をゆらめかせる。

「ねえ、この髪の毛、金色のほうが好き？　だったら、金色に変えようかな。ちょっと黒にしてみたかったんだけれど——ナリス伯父さんに似てくるんじゃないかと思ってね……だけど、駄目だなあ。黒はきつすぎるみたいだ。みんな、僕をみるととても怖がるんだ。どうしてかな。こんなに綺麗なのに」

「化物」

痛切なひとことがグインの口をもれる。

「お互い様でしょう、それは」

アモンは冷笑した。

「ねえ、本当にクリスタル・パレスに攻め込んで、クリスタルを取り戻そうなんて考えているの？　いまのクリスタル・パレスがどうなっているかなんて、あなたは見ているんだし、およそ想像がついているんでしょう？　それでまた、クリスタル・パレスを廃墟にして、死人の山を築いて……どうしようというの？」

「………」

「た……す……け……て……誰……か——やめ……やめさせてくれ……た……のむ……」

「ああ、もう、うるさいなあ、面倒くさい」

ふいに、アモンの目が恐しく残虐にきらめいた。

と思ったとき、アモンはひょいと細い指さきを鳴らした。とたんに、人犬のアマリウスの落下の速度が、通常の数倍にはやまった。

「ヒイーーーー!」

かすかに尾をひく悲鳴を残して、アマリウスが落下してくる。

だが、それが大地に激突する瞬間には残酷にも、アモンはまた指をぱちりと鳴らして速度をゆるめさせたので、アマリウスは、この世にありえないような恐怖と苦悶に顔をぐしゃぐしゃにしたまま、絶叫しながらゆっくりと大地に叩きつけられていった。このわずか数タルザンのあいだに彼の味わった恐怖は人知をこえたものであったらしく、目の前まで落ちてきたアマリウスの髪の毛はこの短いあいだに真っ白になってしまっていた。そのまま、頭から彼は大地にゆっくりとじわじわと叩きつけられ、激突した——頭がぐしゃりとつぶれ、脳漿がはじけ飛び、そして、眼球が飛び出し、それから変なふうにねじれたからだがちぎれてとぶのが闇のなかに見えた。アマリウスはもう、あとかたもないただのぐしゃぐしゃの残骸になって大地に横たわり、脳漿と血と内臓をまき散らしていた。

グインは眉ひとつ動かさなかった。

「きさまだけは、そのうち必ず俺のこの手でほふってやるべきだな」

グインはゆっくりと云った。そしてそのむざんきわまりない人犬の残骸から目をそらした。

「そのときを楽しみにしていろ。化物」

「感傷的だなあ！」

アモンは嘲笑った。その顔に、これほどまでに酷薄な顔が出来るのか、というほどに酷薄な笑いが浮かんだ。絶世といってもいいほどの美貌だけにいっそう、不気味で、かつおぞましかった。

「自分のことをまだ人間の一員だとでも思っているの？　だったらそんな考えは即刻捨てることだよ！　あなたはどちらかといえば、いやどちらかといえばじゃないね、一から十まで我々の陣営に属しているんじゃないの。キタイに呼ばれるのがその証拠だし……ノスフェラスだってあなたを呼んでいる。ノスフェラスに行かないのは何故？　ノスフェラスにゆけば、あの星船があって……いまのあなたはもう、何でも出来るんでしょう。ずいぶんいろんなことがわかってきたんだから。どうしてこんなところで、中原の危機だなんだと愚にも付かないことをいってぐずぐずしているの？　こんなおろかしい人間なんていう種族になぜ、そんなふうにかかわりあっているわけ？」

「きさまとは話すことばなどない。失せろ」

「ねえ、いい加減に認めたら？　人間は僕たちよりも三段くらい落ちる下等な生物にすぎないんだって！」

アモンは執拗に云った。

「そして、もう、本当におのれのあるべきところに戻ったらどう？――どうして、そんなふうにおのれをごまかすの？　どうして、おのれが人間とはまるきり違っているってことを嘘をつくの、自分に？」

「俺は嘘などついてない、失せろ」

「じゃあそれは何なの！」

いきなり――

アモンの華奢な細い指さきが、まっしぐらに、グインの頭を指した。

「その豹頭は！　シレノスの頭は！　はるかなランドックに、自分の仲間がいて……そこに愛する同胞も恋人も地位も名誉もふるさとも、何もかもあったと知りながら、なぜあなたはこんなところにとどまって、こんな低級な下等動物たちの世話やきなんかしてるんだか、気が知れないよ！　人間なんて、何なの、何も知りやしない恩知らずの、何の知能もない下等動物にすぎないじゃないか！　そのくせして自分はちょっとしたもんだと思っている、本当の動物のほうがずっとマシじゃないの」

「うるさい」

グインは大剣を抜こうとした。怒りが彼に力をあたえていたが、しかしなお金縛りは強力だった。

「これが二回目だけど、あなたに会うのはさいごじゃないよ」

アモンはあざけった。

「これからは何回も何回も何回も、いやでもあなたに会うことになるんだ。そうして、あなたには僕は切れないよ。僕は、人間の鍛えた剣なんかでは切れないんだから」

(王さま！)

ふいに、グインの脳に、ユーライカの声が飛びこんできた——

(ス、、、、、、、ナフキンの剣よ！)

(スナフキンの剣よ、お前が必要だ！)

とたんに——

まるで反射のように、激しくグインはとなえた。グインの右手に青白い光をはなつ魔剣があらわれた。

その刹那、グインのからだの麻痺は嘘のように消えた。グインは有無をいわさず魔剣をふりかぶった。そのまま烈帛の気合いもろとも切り下ろす。罪もない人犬へのあまりにむざんな仕打ちに、珍しいほどにグインは怒りにかられていたのだ。

だが、スナフキンの魔剣は虚空を切り下ろしただけだった。アモン——悪魔の王子アモンの姿はあとかたもなく消えていた。まるで虚空にとけこんでしまったかのようだった。どこかから、かすかな、なんとも底意地の悪い嘲笑が遠く響いてくるようにきこえたが、それはただの風の音だったのかもしれぬ。

グインは、獰猛なうなり声をあげた。手のなかで、スナフキンの剣がきらきらとむなしく獲物をもとめるようにそのなかで無数の青白い光がかけあがり、かけおりては消える動きを繰り返している。

「ど、どうか……どうかなさいましたかッ!」

アモンの姿が消えたとたん――

まるで嘘のように、あたりのようすが変わった。

あやしい、異次元に閉じこめられているような息苦しさも、異様な妖気も鬼気もすべて消え失せた。あの真っ暗な空に真っ赤な星々と、血まみれの顔面のようなおぞましい月だけがのぞきこんでいるぞっとするような光景はあとかたもなく消え失せ、あるのはただ、何ひとついつもにかわらない、最前とまったく同じ天幕のなかの見慣れた光景であった。

# 4

駆け込んできたのはガウスであった。ガウスのうしろに衛兵たちが続いている。みな、血相をかえている。

「どうした?」

グインのほうがむしろぼんやりしてきいた。ガウスはとまどったように彼をみた。

「ただいま……ただいま、何か、大きな声をあげられませんでしたか。……その、まるで——何かを切られたような……」

グインは思わずおのれの手をみた。

用がすめばすみやかに消え失せる黒小人スナフキンの魔剣は、むろんもう、普通人の目にふれるのをいさぎよしとしないこの剣らしく、とっくに消え失せている。グインの愛用の大剣は地面にさやごところがっていた。

「何でもない」

グインは苦々しげにいった。人犬のむざんな死骸もむろんどこにもなく、あたりにとびちった血漿も脳味噌も、どこにもしずく一滴見あたらなかった。あれはおそらく《ここではない次元》のなかでの出来事だったのだろう。

「おおかた、俺がたかぶりのあまり、寝ぼけて戦場の夢でも見たのだろうよ」

「何をおっしゃいますか」

ガウスは呆れた顔をした。

「陛下が、寝ぼけられるなどきいたこともございません。——第一、おやすみのようでもございませんでしたし……」

「お前が、ひきとってから、どのくらい時間がたった？　ガウス」

「まだ、いくらも……半ザンはおろか、四分の一ザンもたっておらぬのではないかと…

「……私が、とりあえず仮眠しようと用意をととのえおわるいとまもなく、陛下の『エヤーッ！』というかけ声が聞こえて参りましたから、あわててそのまま飛び込んで参ったのでございますから」

「そうか」

あの空間のなかでは、時の流れかたそのものも、つねの時間とは違うのだろう。

(アモンめ……)

ぎりっと、グインは歯をかみならした。

「どうされましたか……?」

「何でもない。案ずるな。……また、ちょっときゃつらが魔道の悪さをしかけてきたのだが、それは俺が追い払った。それだけのことだ」

「ああ」

ガウスはかえってほっとしたようだった。

「やはり、そのようなことが。——でも、こんなところまで魔道の悪さなどということを……? ますます、それは……」

「俺もいよいよ、クリスタルを攻めるからには本格的に魔道との折り合いを付けることを考えなくてはなるまい」

さらに苦々しくグインはいった。

「あまり望むところではないが、この次ヴァレリウスが戻ってきたときに、魔道師ギルドとの契約について尋ねてみることにしよう。おそらく、この問題を抜きにしては、パロ攻略も、パロ平定も不可能のようだ、という気がしてきた」

「さようでございますか……いったい、どのような魔道でございましたので……」

「妙なぞっとするような使者をレムス王が送り込んできて、そして人質の命が惜しければ、クリスタルに攻め入るような無謀はただちにとりやめろ、とおどしをかけていただけだ。それだけのことにすぎん」

むっつりとグインは云った。部下たちに、不必要な情報を知らせることはないが、不必要にかくしだてをすることはさらに危険だ、というのが、グインのいつもの考え方だった。

「妙なぞっとするような……いったい、どんな……」

ガウスは思わず、好奇心にかられたように衛兵たちと目を見合わせたが、さすがにそのあとさらに追及するのはひかえた。グインがかなり、にがい顔をしているのは、はた目からもよくわかったのだ。

「陛下。もっと、お身のまわりの警備をふやし、厳重にしたほうがよろしいでしょうか?」

「そんなことをしたところで無駄だ。それよりも、魔道師に結界を張ってもらうほうがいいだろう。とにかくここは魔道の国、これから先はたぶん、俺の知っているいくさのようには……」

グインが言いかけたときだった。

「申し上げます」

駆け込んできた伝令が、グインの前にくずれるように膝をついた。まるで、何かひどくおそろしい目にでもあったように、その騎士の顔は蒼白になっていた。

「その……こんなことを申してよろしいのかどうか……わかりませんが……おそるべき……その、信じがたい現象が……」

「信じがたい現象だと。落ち着いて話してみろ」

「は、はい。……あの……あのう、どう考えても……死人の群れとしか……それも、あの、昼間の戦闘で死んだ戦死者たちの群れとしか思われぬものが……一群となって、剣をかざしながら……首だの、手だのなかったり……あちこちから血を流したまま、隊列をくんで、ゼノンどのの後衛にうしろから……襲いかかってきておりまして——ゼノン軍は、応戦のかまえはしておりますが、あまりのことに恐慌に陥りかけております」

「またか」

グインは唸った。

「恐れることはない。それは、死びと使いのおぞましい黒魔道にすぎぬ。……来い、ガウス、ゆくぞ。ゼノンでは驚くのも仕方ないかもしれんな。トールならば、俺とともにたしかサルデスの国境の森で、同じようなおぞましい軍勢に襲われたことがあるから、驚きはせぬはずだ。おのれ、若いゼノンのところをねらいうちにしたな、魔道王め」

「あれは……あれはレムス王の魔道なのでございますか」

やや元気を取り戻して、伝令が叫んだ。

「だったら、そう云ってやれば、ゼノン軍のものたちもいま少し、元気を取り戻すかと……おのれに殺されたものたちのうらみかと、ついつい、剣をとって応戦するどころではなくなってしまいまして……」

「大丈夫だ。俺がゆく」

グインはもう、剣を腰の剣帯に差し込んでいた。

「馬！　ガウス、《竜の歯部隊》半数連れてついてこい！」

「半数、かしこまりました！」

「お前たちに、うわさの黒魔道のゾンビー兵を見せてやるぞ」

グインは怒鳴った。

「じっさいには、本当の生きた兵士などより、ずっとのろくしか動けぬし、大した脅威でもないのだが、とにかくなんといっても、人間の恐怖心にはとてつもない力をふるう。とにかく、やつらはのろのろとしか動けぬのだ。案ずるな」

「しかし、まことに、見た目の悪いものでございますから……」

伝令の騎士があわてて自分もついてきながら叫ぶ。グインはすでにフェリア号に飛び乗りながらうなづいた。

「それが、このような攻撃のしかたをするやつらのつけめなのだ。たいていは、ゾンビーにそうやって動揺させておいて、うしろから本隊、これは生きた兵士だが、そちらが突っ込んでくるはずだ。ただの攪乱にすぎぬ、おどかされるな。——切っても、突いてもなかなか死なぬが、足を切ってしまえば動けなくなるぞ」

「はッ！　お先にごめん！」

伝令が先に馬をかって、きたほうへ戻ってゆく。

夜は深く、闇はきわめて深くグイン軍の夜営の陣地の上いっぱいにのしかかっていた。そのなかに、ところどころに大きめのかがり火が燃えている。そのまわりに小さなたいまつのあかりがうごめいている。この闇のなかから、突然、傷から血を流し、明らかに死者とわかる首だの手だののちぎれた連中が、のろのろと襲ってきたとしたら、それは、どのように勇敢な連中でも腰を抜かすだろう。

「ひくな、ゼノン軍の勇者たち！」

グインは、馬を走らせて、後衛にまわしたゼノン軍めがけて飛び込んでゆきながら、大音声によばわった。

「これは、こざかしいパロの魔法の手妻だ！　案ずるな、恐れることはないぞ！　神のたたりではない、これは悪魔のたわむれだ！　早く、死者たちをふたたびやすらわせ、永遠の眠りに戻してやれ！」

闇のなかで、わずかばかりの松明とかがり火とだけを目当てに、ゼノン軍は必死に、突然の奇襲を受け止めているようだった。あかりをもとめる本能のように、かれらはかがり火を中心にあつまり、そこに身をよせあいながら、剣をかまえたまま悲鳴をあげている。じっさいには、おしよせてきているゾンビーたちは、それほど多い数ではない——そもそもこのいくさ自体での戦死者が、驚くほど少なかったのだ。

だが、いったん死んで、一ヶ所に集められたはずの戦死者たちの死体が立ち上がり、まだなまなましい血を流しながら暗闇から剣をふりかざして押し寄せてくる、などというのは、ケイロニアの勇士たちのいくさへの意識のなかにはついぞ、存在したこともないようなあまりに異形すぎるたたかいだったのだ。それでも、勇猛なゼノン以下、隊長たちはなんとかして、この恐怖にうち負かされまいとして頑張っていた。

「あやかしだ、あやかしだ！」

「ひるむな。これはパロの魔道だ、ただの魔道だぞ！」

「敵は少人数だ、あわてず、とりかこんでしまえ！」

暗闇のなかから、あちこちから大声の命令がきこえてくる。そのあいまをぬって、弱弱しくルーンの聖句をとなえる声や、悲鳴や、神に祈り、赦しをもとめる声などがきこえる。

ゼノン軍のなかにも、ごく少数ながら、その前の配属では黒竜騎士団にいて、サルデス国境でグインの指揮下、雪の森のなかでグラチウスの操る死霊たちの軍勢と戦ったことのあるものもいたし、また、もっと多くのものが、グインの武勇談のひとつ、としてこのサルデスでの死霊の軍団との戦いについてきいていた。それゆえ、それを思い出したものたちは、これもまたそのような攻撃であろうと悟って、必死に兵士たちを力づけ、ひるまぬようかりたて続けていたのだ。

「これはただのあやかしだぞ！　ケイロンの勇士たちよ、ひくな！」

「そうだ！」

グインは大喝した。同時に、馬を、思い切り走らせてその暗闇の死闘のなかに割り込んでゆく。

「これは死人をあやつるゾンビー使いの術にすぎぬ！　足を切れ、ケイロンの勇士たち、こやつらは、頭を割ろうと腕を切ろうといたみも感じず追いすがってくるが、足を切ればば動けなくなる。足をやれ！」

「わああ！」

声と、そしてかがり火に照らし出されるすがたにそれと見知って、たちまちゼノン軍のなかから大歓声がおこった。

「陛下だ！」

「陛下じきじきに来てくださったぞ！」

「ここでひいたらゼノン騎士団の名折れだ！　ひくな、ひくな！」

「マルーク・グイン！　マルーク・グイン！」

たちまちその叫びは、ただひとつの、「マルーク・グイン！」の声のなかにとけこんでゆく。

ようやく、グインのすがたを見、その声をきいて、ゼノン軍は落ち着きを取り戻した。

「たいまつをつけろ。もっとたいまつをつけて、死霊どもを一匹づつ片付けるんだ」

「足だ。足をねらえ……」

急速に、かれらは、おびえ浮き足だった、恐慌に陥った人間たちから、訓練され、どんな異様な事態にもそなえられるよう仕込まれた職業軍人の心がまえを取り戻しはじめていた。

「見かけはぶきみだが、これはただのゾンビーだ。むしろ、魔道にあやつられている気の毒な連中なのだ」

グインは、かがり火からかがり火のあいだを馬をかけさせながら、大声でよばわりつづけた。

「早く、かれらを平和なドールの黄泉へ戻してやらねばならぬ。かれらをまとめて追い込み、そして火をかけるのだ。……からだがあるかぎり、かれらは死んでからまで、こうして黒魔道に利用されねばならん。かれらを早く永遠のやすらかな眠りにつかせてやれ。まとめてひとつところへ追い込むのだ。いいか！」

「陛下！」

ゼノンの近習らしい、精悍な兵士たちが、たいまつをかざしながら馬上に近づいてくる。

「陛下、ゼノン将軍が、お詫びをなさりたいとお待ちでございます」

「よろしければ、同じおことばを伝令に命じて全軍に伝えさせますので……陛下は、とりあえずおやすみになられましては」

「やすむ必要はないが、ゾンビーどももどうやら、この上は増えないようだな」

グインはうなづいて、馬頭をめぐらした。そのまま近習たちに先導されて、ひときわ大きなかがり火のかたわらに、憮然と馬のくつわをとらえて立っているゼノンのところに歩み寄る。

「陛下」

ゼノンは、かぶとをとり、タルーアン人特有のもえたつような赤毛をかがり火に照りはえさせたまま、すまなさそうにうなだれた。

「申し訳ございませぬ。おやすみのところ、これしきの異形の敵に動揺して、結局陛下のおでましを願うことになりまして……さぞかし、ふがいないやつとおぼしめしておいでてでございましょう」

「何、あんなものをはじめて見れば誰だって動揺するさ。気にするな、ゼノン」

「陛下がサルデスの森で死霊の軍勢と戦われたお話は、このゼノン、以前より何回もうけたまわっておりましたのに……とっさに、兵たちがあのゾンビーどもに襲いかかられて恐慌状態になったとき、わたくしまでも浮き足だってしまいまして……」

ゼノンは色白な顔を無念さで赤くそめた。

「どうも、この遠征……ゼノンにとりましては、あまりにもふがいなきことばかりで――おのれの未熟と、いたらなさとが無念で無念で……いっそおのれの腕を食い欠いてしまいたいほどでございます」

「どちらにせよ、誰でもがそのような時期を経なくてはならぬのだよ、ゼノン。どれほどの勇者、名将、勇将であれだ」

グインは笑った。

「おぬしらが疲れただろうと思って後衛にさげたのだが、あのゾンビーどもは、ゼノン軍がほふった戦死者たち――その、うしろめたさも当然あろうし、それを思うと、あきらかにそこをついて、狙われた、としか云いようがない。だがな、ゼノン」

「は、はい」

「これだけではないと思え。これから先、クリスタルが近づくにつれて、どんどん、おそらく戦いはこれまで我々ケイロン軍の知っていたものとは異形になってくる。魔道のたたかいになってくるだろう。竜頭の部隊もあらわれようし、あとはどのようなワナがしかけられているかもわからぬ。このゾンビーにせよ、俺ももうちょっと読みが深ければ、これは黒魔道の代表的なよこしまな術なのだから、必ずしかけてくるだろうと想像していてしかるべきところだった。……まずはかるい攪乱の心理戦法できたのだろうが、もしもこれにのってしまってゼノン軍が恐怖にかられ、浮き足だって崩れてしまっていたら、夜のこれだけ深い闇のなかのこと、いったいどのくらい死霊がいるのかわかりもせぬゆえ、数百の死霊、ゾンビーだけでも、充分に何万の軍勢を蹴散らすことさえ可能だろう。……たとえ何万いようと、統御されておらぬ軍勢は烏合の衆と同じことだ。──ことに、俺の親衛隊はよいが、これだけの人数では、ただちに俺のしたのと同じ判断をお前たちに伝えることもできぬ。そのあいだにお前たちが崩れたってしまえば同じことになる」

「いや、もう……決してくずれはいたしませせぬ」

ゼノンは歯をくいしばった。

「ゴーラ軍に不覚をとったときといい、このたびのわたくしはまったくとるところがございませぬ。……まことに無念ではございますが、一生懸命、陛下が、すべて勉強とおおせあったのをかみしめて、よりよき武将になれるよう……すべてを教訓に……」

「まあ、だが、ゾンビー相手に戦うことなど、中原ではそうあるものではないさ――これまではな」

グインはたくましい肩をすくめた。

「これからどうなってゆくのかは知らぬが。……ともあれ、これでまだ魔道による攻撃はほんの序の口だと思うがいい。俺の知っているものならば俺がなんとかできるが、そうでなければ俺でも、最初のうちは相当どうしたらいいかとまどったり、それこそ術中に陥りかけたりするだろう。俺も魔道についてはたいしたことは知らぬからな……どうした」

「申し上げます。襲いかかってきたゾンビーどもはおおむね、足を切り落として戦闘不能にするか、あるいはおおせのとおり、一ヶ所に追い込むように大勢で取り囲んで、だいたい制圧いたしました。……一ヶ所に追い込んだ悪鬼どもの数はどうみても二、三百はこえておりますが、どうしたものでございましょうか？」

「貴重な油だが、火をかけて焼いてしまうしかない」

グインはきっぱりと云った。

「それが、かれらに対する供養でもあるのだ。むざんでもあれば――すべてのものがパロ側の死者のからだばかりではない、俺がここにくる途中に見たのでも、数少ないケイロニア側の戦死者もまた、ゾンビーとして魔道の術に使われているようだったから、それは戦友としてしのびぬものがあるかもしれぬが、そのようなことをいっている場合でもない。――これがかれらへのとむらいであると心得て、とにかく動けぬよう制圧し、さわるのは不気味だろうが力づくで武器をとりあげ、あるいは腕も足も切り落としてから火をかけてしまうしかない。――案ずるな、たとえ動いてはいても相手はすでに完全に死んでいる死体だ。それが黒魔道によって無理矢理に動かされているのだ。むしろ、やすらわせてやらねばならぬ。――動いているからといって、生き返ったわけではないのだ。黒魔道には、《魂返しの術》というのもあるときくが、それもまことに死者をよみがえらせるわけではない。いったん死んだものを本当によみがえらせることは、どのような黒魔道にも出来ぬようだ。……よいか、完全に火が消えてしまうまで、火から目をはなさず、消火の体勢はしっかりとったままにしろ。このあたりはそれほど民家はないが、山林に火が燃え移って、このあたりに山火事をおこすことにでもなったらパロの国民に申し訳がたたぬ。火には責任をもって、あのゾンビーどもを始末しろ」

「かしこまりました！」

「ぞっとしますな」

ゼノンは、ようやく多少気持がほぐれたようにつぶやいた。

「最初に、あの怪物どもが暗闇のなかからあらわれてきたときのことを思うと！　わたくしも、たまたまかがり火のところにおりまして、はっと妙な気配でふりかえったら、うしろから、剣をふりかぶり、顔半分が切り取られて血を流したままの亡者めがゆらゆらとかかってくるところで……お恥ずかしい話ですが肝をつぶしてしまいました。いったい何がおきたのか、最初はまるでわからなかったので、この世がすべて狂いだしたような気さえいたしまして……副官によれば、私はそのとたん、狂ったように、『陛下、陛下！』と叫んだそうでございますが……」

ゼノンはひどく恥ずかしそうな顔をした。

「まったく、意気地のないことでございますが……」

「そういったものでもない。死者を忌み、敬意をはらい、けがれと見るのはこれはごく当然なまともな心性だ。それを、魔道によってあやつろうなどとたくらむことそのものがきわめて異常なことと云わなくてはならぬさ。しかし……」

「はい……？」

「ということは、ひとつだけ確かになったことがあるな」

「は……それは……」

ゼノンは緊張した。グインは大きくうなづいた。

「うむ。それはつまり、レムス王が、おのれ自身で、ゾンビー使いの術を使えるのだろうということだ。――むろん、部下の魔道師がやっているという可能性もあるが、にしても、レムス王の側に、これだけの術をつかう魔道師がいる、というのは確かなことだな。キタイの竜王はいま現在パロにはすでにおらぬはずだ。だが、竜王がいなくても、このていどの魔道は楽々とかれらは使ってこられる、ということだ。ということは、もっとほかの術も使えるかもしれん。また、もっと危険な可能性もあるかもしれん。――これだけの大人数の軍勢、しかも専門的に鍛えられて結束もかたい軍勢に、魔道をしかけてくるのはなかなかおおごとだろうとたかをくっていたが、俺がベック公をさらってきたように、上のほう、隊長や将軍級のものばかりを選んでねらいうちに術をかけてくれば、それはかなりの効果をあげるだろう。――じっさいの剣をとっての戦いでこんなに弱敵だと、ついついわれら尚武の民としては相手をあなどってしまいがちだが、その気持ちにつけこまれることのないようにせねばならぬ。これからがいよいよ、対魔道の戦いの本番なのだからな」

「は」

ゼノンは緊張したおももちになった。

あちらでは、すでに、ゾンビーたちに火をかける用意がととのったのだろう。いきなり巨大な――ほかのものとはくらべものにならぬほど巨大なかがり火が燃え上がりはじめている。そのなかから、異様な、怪鳥の啼くような声がいくつかあがって、なんともいえぬいやなにおい、人肉を焼くにおいが鼻をつきはじめていた。夜明けまでは、まだ遠そうだ。

# 第四話　夢魔との戦い

## 1

ダーナム――

一瞬、ダーナムと、そのうしろにひろがるイーラ湖の風景を一望のもとに見下ろす、ダーナムの外のやや南西側の丘の上で、人々は言葉を失っていた。

かれらの眼下には、イーラ湖南最大の都市、ダーナムの全貌がひろがっている。光明るい昼間であった。白っぽい、平屋の多いなかにいくつかの尖塔が見えるダーナムの町並みが、かれらの目にうつっている。だが、そのなかで、うごめいているものはない。中程度であるとはいえ、これだけの大きさの都市であれば、常ならば間違いなくたくさんの荷車や馬車、人々の往来が、そのまんなかをぬけている赤い街道、いくつもの道の上や家々のあいだでかいま見られるだろう。だが、まるで、無人の町ででもあるかのように、ここから見下ろすダーナムはしんとしずまりかえっている。そのしずけさは、あまりにも異様であった。

まるで、あのゾンビーの奇襲は結局、ケイロニア軍がどのていどまで、魔道に対するそなえが出来ているのかを知ろうとレムス王がはかってのことであった、とでもいうように、ゼノン軍が勢いをとりもどしてゾンビーを制圧し、みな燃やしてしまうと、そのあとは、続けての夜襲は一切おこなわれなかった。ケイロニア軍はかなり緊張し、そのあとどこからでも、どのような魔道の攻撃があっても驚かぬように身構えて一夜をあかしたのだが、もう、それきりレムス軍側からは何の仕掛けもなかった。

そして夜があけ――ゼノン軍の陣営のまんなかあたりにまだくすぶりながら不快な人肉の焼けるにおいを辺り一面にただよわせている、ゾンビーの残骸さえなかったら、何もかもが夜のなかのただの悪夢にすぎなかったのかとさえ思えたかもしれぬ。だが、命令が下り、グイン軍の全軍がいっせいに動き出して、しんがりのゼノン軍もまた、この残骸を取り残して移動を再開したときになっても、まだこの不快な黒こげの灰の山、むざんにやけこげたよろいかぶとや剣、残骸のなかから突きだしている焼けこげた骨、などが残っていて、まざまざと、きのうの夜の悪夢が現実にすぎなかったことを教えていた。

ゼノン軍はそれ以上この残骸には注意をはらわず、しかしグインの指示――というよりもグインにたずねられたギールの指示によって、魔道師から与えられた、清められた聖水をこの残骸の上にも周辺にもふりかけ、まじない棒をたてて結界を作り、けがれがそれ以上拡大しないようにし、そして死者の魂魄のうらみがのこらぬよう、魔道師たちによる祈りがささげられてからこの地をあとにしたのだった。他のものたちはまだ、ゾンビーの襲撃をこの目でみたわけではなかったから、それほどでもなかったが、じっさいにおぞましい切り刻まれた死体が襲いかかってくる悪夢に直面したゼノン軍はかなり動揺が激しく、なんとかそれをおさえてはいたが、なかには、おのれももしこのいくさでいのちを落とせばあのようなゾンビーとしてこともあろうに敵にあやつられて仲間に害をなす恐れもあるのか、というようなことを考えてすっかり憂鬱になってしまっているものもいた。だが、ともかくも移動の命令が下り、また、さいわいにしてよい天気となった。やわらかな青紫の空の下では、人々はまだしも、魔道の黒い邪悪な影が夜のあいだよりも遠いように感じていられた——それはまったくの錯覚にすぎなかったにせよだ。

そして、そのあとは、充分な警戒をしつつも、何にもさまたげられることなく、かれらはダーナムの郊外に到着したのだった。

ダーナム——

ヴァレリウスは、まだ、サラミスにベック公を届け、その魔道の術をとくことに手いっぱいなのだろう、グイン軍に加わるところまではいっていなかったが、もしもここにヴァレリウスがいたら、さぞかし感ずるところがあったに違いない。それは、佯死によって窮地を脱したナリスを大切に守りつつ、イーラ湖をおし渡り、必死の戦いをくりひろげながらようやくともかくもたどりついた、最初の神聖パロ側の味方の都市だったからである。

だが、ダーナムはそののち、それゆえに——ナリスにつき、神聖パロをおしたてんとする謀反軍の一行を受け入れたがゆえの悲運にみまわれねばならなかった。ダーナムがナリス一行を受け入れ、そしてマルガに無事落としたことを激怒したレムス王はただちに大軍をダーナムにさしむけ、それをきいていそぎヴァレリウスもダルカン侯、のちにルナン侯を司令官とする聖騎士団をダーナムにとって返させて応戦したが、国王軍は圧倒的に大軍であり、ダーナムは必死の防戦のかいもなく、あっけなく国王軍の手におちたのだ。

そのまま、ダーナムを撤退しつつもダルカンとルナンとは交互に国王軍とのこぜりあいを展開していたが、ダーナムはまず国王軍の封じ込めの前に、籠城をよぎなくされ、そして、もともとが籠城にむいたような、戦闘用の都市ではない、湖畔の平和な交易都市であるだけに、備蓄食糧などもあるわけではない。市民たちもすすんで軍に加わって応戦したが、市民にも、またその家族たちにも相当な戦死者、餓死者を出し、ダーナムはほぼ壊滅状態に陥ったのである。

また、もはや、マルガにいったん落ち着いたナリス軍のほうも、この上の兵をダーナムには割けぬ状況となり、見捨てた、というのはあまりにも表現が強かったかもしれないが、結果的には、ダーナムはナリス一行を受け入れ、助けたがために、崩壊のうきめをみたのだ、としかいいようのない運命に陥ったのだった。

それはむろん、グイン軍にとっては、あらかじめ伝えられた斥候の情報でしか知るすべのないことである。

いま、ダーナムはしんとしずまりかえっており、レムス軍の、パロ聖王旗があちこちの塔のてっぺんにこれ見よがしにへんぽんとひるがえってはいたけれども、そのほかには、ほとんど、ひとけもなかった。

「ギール、偵察を魔道師部隊に頼んでもよかろうかな」

「はい」

グインの命をうけて、ただちに偵察に出た魔道師たち数人が戻ってきて、偵察の結果を告げた。それは、なかなかに陰惨なものであった。

「ダーナムは、ほぼ廃墟となりおおせております」

上空から偵察してきた魔道師はそのように報告した。

「現在のダーナムには、ほとんど生きて動いている人のすがたも見られません。——もちろん、いくらレムス軍とはいえ、かなりの人口のあるダーナムの市民を全員殺害したとはとうてい思えませんが、かなりの部分が殺害され、たぶん残るものは、地下牢や建物のなかにとじこめられているかというような気配は感じます。ひとのすがたも気配もない、無人の町というわけではなく、ひとの気配はないわけではありませんが、すがたそのものはまったくございません」

「それは、ダーナムの住人たちがみなどこかに閉じこめられて自由を失っているということか？　だがそれにしても、少なくともレムス軍の軍勢はどこかにはいなくてはならないはずだな？」

「いえ、それが……」

慎重を期して、ということで、さらに繰り返して偵察してくる許可をもとめた魔道師たちは、困惑したようにさらに報告した。

「レムス軍らしきものの気配のほうは、これはまったくといってよいほど、ダーナムのなかには存在しておりませぬ。——聖王旗は、いくつかの尖塔の頂上に出されたままになっておりますし、ほかにも何カ所かにレムス軍の旗さしものなどがございますので、ここに駐留していたあかしのようなものはいくらでもあるのでございますが、現在のところでは、どうみてもレムス軍は全軍、一兵も残さずにダーナムを撤退しているとしか思うことはできませぬ」

「ほう」

「そんな、ばかなことがあるわけはないだろう」

思わず、口を出さずにいられなくなったのはガウスのほうであった。

「魔道師部隊の有能さを疑うわけではないが――ダーナムはクリスタル攻防のかなめ、そこをどのように突破するかで、イーラ湖をわたり、あるいはイーラ湖ぞいにクリスタルにせめのぼる最初の要衝の地だ。そこに一兵も残さず、見張りさえも残さず、兵を引き揚げてしまうなどということが――」

「いや、待て」

グインは、じっと魔道師のことばに耳を傾けていたが、やがて何か決心がついたかのように大きくうなづいた。

「なるほど、そういうこともあるやもしれぬ。――ならば、いま現在、ダーナムにはいっさい、国王軍はいないのだな」

「はい。少なくとも、わたくしどもの見て参りましたかぎりでは。――それも、とるものもとりあえず、あわただしく町を打ち捨てて移動していった、というような感じで、まだあちこちにいろいろなものが残っておりました。――置き去りにされた馬さえもおりましたので、おそらくは非常に急に命令が下され、そのままいそぎ撤退してクリスタルにむかわなくてはならなかったのではありますまいかと……」

「狂気の沙汰だ！」

思わずガウスはつぶやいた。

「それで、だってクリスタルで兵を集めてまたここまで下ってくるわけなんだろう！　だったらどうして、最初からここに兵をおいておかないんだ。それは確かに、兵力をわけるほどに一ヶ所ごとが弱体化するかもしれないが、それはかなり兵の少ない場合のこと、レムス王のほうは、われわれの何倍もの軍勢をじっさいに持っているわけじゃないか」

「は……」

魔道師は、自分にいわれても困る、といいたげだ。

「陛下、これは何か、重大なワナではないんでございましょうか？」

ガウスは疑り深そうにたずねた。グインはゆったりとうなづいた。

「その可能性もないとはいえんな。また、もうひとつの可能性としては、レムスが、彼自身が戦いの指揮に馴れていないということと、もうひとつ、ケイロニア軍の勇猛さ、といううわさに影響されすぎていて、とにかくちょっとでもおのれのまわりに数多くを集めておかなくては恐ろしくてたまらない、というような気持になっていて、それでどんどん、四方にわけて出していた軍勢をひきあげてクリスタル周辺にあつめ、さいごの首都攻防にはやくもそなえているか、というようなことだな。——あるいはまた、クリスタルのほうが魔道が使いやすい、というようなこともあるのかもしれぬしな。こればかりは、いちがいには言えぬかもしれん」

「しかし、では……」

「ワナがあるなら乗ってみるさ」

ことなげにグインはいった。ガウスは仰天してグインを見上げた。

「な、なんとおっしゃいました」

「ダーナムに入る。――むろん、ワナには十二分に注意し、全軍は入れぬ。トールの軍から四個大隊、それに《竜の歯部隊》をひきいて俺が入ろう」

「それはいけません」

血相をかえてガウスが叫んだ。

「陛下がそのような、ワナがあるかもしれぬところへ……そればかりは、断固として……」

「ガウス」

おだやかな声であったが、ガウスはそのまま恥じ入ったように黙り込んだ。《竜の歯部隊》の鉄則の最大のもののひとつとして、グインの判断につねに、いっさい疑義をさしはさまずに従うこと、というものがあったのだ。

「全軍停止！　ケイロニア軍はダーナムに入る！」

ただちに断が下された。トールは勇躍して兵をひきいて本陣に合流してきた。さらに魔道師ではない通常の斥候部隊がダーナムにはなたれ、それもまた、同じように「町は無人」という報告をもってくる。

それは、ひとつの謎であった。ダーナムは確かに、ほぼ壊滅といっていいほどの打撃も受けていたし、悲惨な状況にあるはずであったが、それにしても、無人になってしまう、ということはありえないはずであった。少なくとも、ダーナムを制圧した国王軍の若干は残されていなくてはならぬし、長引き、くりかえされた戦いで、レムス側、神聖パロ側両方に、かなりの死傷者が出ているはずである。その負傷者は、そう簡単にはダーナムを出ることが出来はしないはずだ。

「陛下！」

今度こそ、いつものようにグインのかたわらに馬を並べてゆくのは俺だ、といいたげに、トールが用意をととのえてグインのもとにやってきたのは、それから一ザンほどののちであった。

「いつでも進発できます。よろしきように！」

「うむ」

「それにしても、どんなワナが仕掛けられているんだか……いっそ興味がありますな。こうなればもう、何でも来いだ」

「元気がいいな、トール」

「それはもう。——陛下とご一緒に行動していれば、次から次へと想像したこともないような事態ばかり起こる、ってのはたぶん俺が一番馴れてますからね。……陛下が呼び寄せるのか、もともとそういう運命なのだか、わかったものじゃないが」

「……」

「それにしても、町の住人がひとりもいない、なんてのはおかしな話すぎますね。……いったいどうしてしまったんだか、まさかレムス王が食ってしまったわけじゃないんだろうが……」

「う……」

ほんの冗談のつもりだったのだが、トールは、グインが珍しく気持悪そうな声を出したのに驚いた。

「ど、どうされたんです」

「いや、何でもない。すまぬ」

グインの脳裏にはまざまざと、（あいつは、女官や小姓を食っているんだ）という、不運なアマリウスの絶叫がよみがえっていたのであった。

不吉なぞっとする思いをふりはらうように、グインはかぶりをふった。

「よかろう。ではダーナムに入る。先発隊、出発」

「お気をつけて」

いくぶんしょんぼりして大人しくなっているゼノンがわざわざ本陣までやってきて、見送る。

グインは、《竜の歯部隊》の精鋭五百をしたがえ、トールとその親衛隊一千ともども、おそれげもなく先頭にたってダーナムに入っていった。むろん、それにさきだって魔道師と斥候たちがたえず前方、周囲のようすをはかり、さぐりながらすすむ。

「ふむぅ……」

だが、一歩、町の通りに足をふみいれたとたん、トールはうなった。

「こりゃあ、冗談ぬきで無人の都市だ」

いったい、ダーナムの住人はどこに消え失せてしまったのか――

それは、うわさにきくあのカナンの石になった人々の一夜あけた宮殿もかくやと思わせたが、それにしてもあれは、石にされた人々のすがたくらいはあったのだろう。

だが、ダーナムは、ひっそりと、物音ひとつせぬようにしずまりかえっている。

それはまさしく、誰も乗っておらぬまま、さっき料理してテーブルにのせられたままの皿からまだ湯気がたち、本は机の上でひろげられ、ベッドは寝乱れたようすのまま、ただすべての乗員も乗客もいない無人の船として港に入ってくる呪われた幽霊船、《海のさすらい人》がそのまま陸に、この石づくりの町にすがたをかえて出現したかのようであった。

ダーナムはさほど大きくもない都市で、町のはずれはひっそりとしている。それから、住宅街が短いあいだ建ち並び、それからまんなかの通りが一応ダーナムの繁華街ということになり、ちょっとした店々が軒をそろえている。

だが、それはむろん、もうあいつぐ戦乱、戦禍ですっかりうちこわされ、売るべき品物もなくなったままにいかにも廃屋然としたありさまになっていた。もうかなり長いこと、そこで活気のある商取引など、おこなわれることはたえて久しかったに違いない。

ダーナムは漁港ではなく、イーラ湖畔のロバンから新鮮な魚を仕入れてきて、それを加工して南のほうへ送り出したり、南から街道をのぼって持ってこられる産物をクリスタルへ送り出したりして成立している商業都市である。本来、それほどゆたかでもないかわり、それほど貧しくもないはずだが、うちつづく戦いのために、あちこちの建物は壊されたり、焼かれたりした損傷がはなはだしい。

「これは酷いな」

慎重の上にも慎重を期して、廃墟のようなダーナムの町のしだいに中心部にむかって歩みを進めてゆきながら、思わずグインは声をもらした。

「ずいぶんと、念を入れて打ち壊したものだ」

何か、うらみでもかかったのか。――もとはさぞかし豪華な大きめの建物、お屋敷といってもいいようなものであっただろうと思われるのが、道のかたわらで、完全にがれきと化している。これは火でもかけられたのか、そのあたりの一画は完全に焼けこげ、石の柱などもすすで真っ黒になっている。その一画に火がつけられたに違いない。

死体は、しかしひとつも見つからなかった。生きている人間もまた見つからないが、死体もない。当然負傷者だの、病人だのが寝かされているようすもない。とにかく、ひとのすがた、というものがまったくないのだ。

「本当に、これは無人の町ではありませんか」

トールが感嘆の声をもらした。

「ここまで、廃墟になってるとは思わなかった。——が、なんか……なんか変ですなア」

「お前もそう思うか」

「思うかって……思いますよ。だって、なんか空気が変だ」

「空気もだが……」

グインはずっとゆだんなくまわりに目を配っている。

「それよりも俺はどうも気になってなって、たまらぬことがある。——ふふ」

「な、なんです。突然笑わないでくださいよ」

「さすがだな、と思ったのさ。さすが、魔道王国パロでの戦いだ。……まんなかにゆくほどに、そう思うようになってゆく。それまでは、いったいこんな弱卒たちで、何千年という歴史をどうやって守ってきたのだろうと思っていた。だが——新興モンゴールの卑劣な奇襲にも、古代機械という究極の技を使って、世継の王太子、王女を逃がした国だ。この国は、ひたすら尚武の国であるわがケイロンに、まったく武力などなくてもかつては国家というものは中原を制圧できたのだ、ということを教えてくれているのだな」

「はあ？」

トールは首をひねった。

「あんたの——失礼、陛下のおっしゃることは相変わらずよくわかりませんねえ」

「わからんでもよい」

「なんだか、陛下は、失礼ながら、楽しそうに見えるんですけど、俺の錯覚かな」

「いや、錯覚じゃないな。楽しいさ。いったい、相手がどのように出てくるか、何をたくらんでいるのかと思うと、楽しくてたまらん。——どのくらい驚かせてくれるのかと思うとな。……むしろ、これが本当にレムスが阿呆の臆病者で、兵をわけていたらとても戦えない、と考えてすべての国王騎士団をクリスタル周辺に引き揚げてしまっただけの愚か者だったとしたら、俺は相当に腹をたてるだろうよ。それこそレムスのそっ首をねじきってしまいかねないほどにもだな。そこまで馬鹿な人間は国王などという地位についてはならんと俺は思うのでな。……だが……この妙な悪寒、いや、直感、だろうか……

…？　見てみるがいい。鳥肌がたっている」

　グインはマントをはねあげておのれのたくましい二の腕を示した。

「わ。本当だ」

「これは俺自身の生身が何かを感じ取っている、ということにほかならんと思う。――俺は、どうやら、このダーナムの異様な状況がまもなくその本性をあらわすはずだ、と期待しているようだな」

「ええっ。よして下さいよ」

　思わずトールは悲鳴をあげた。が、それでガウスだの、みながふりむいたのでちょっと赤面した。

「くそ、どうしても将軍様らしい落ち着いた物腰なんてやつにはなれないな。……陛下がいうと、必ず本当になるんだから……どうなんですか、この無人の状態というのは、やっぱりなんかのワナなんですか？」

「と、思うがね。俺の考えでは」

「そしたら、こんなところにこうしてのほほんと誰もいない町なかを歩いていたら危ないんじゃないんですか」

「それはどうかわからん。どんなかたちでレムスが何を仕掛けてくるのかは、わからんからな。……そうか！」

「何です？」

「もうひとつあったな」

「え……？」

「この町を無人にしなくてはならない理由だよ。……兵をすべて引き揚げなくてはならぬ理由だ」

「ええッ？」

「いや、ちょっと待て。――ふむ。これは……まずいかな。おい、ガウス、トール、あまり兵が多いとまずいかもしれん。いや、《竜の歯部隊》はこのままでいい。ガウス、《竜の歯部隊》全員に、俺の声が直接きこえるところまで詰めてこいと伝えろ。そのままの状態で、俺にぴったりとくっついて一緒にくるのだ。それからトール、お前はここから戻れ」

「な、な、何ですってえ」

とてつもなく心外なことをいわれて、トールは大声をあげた。グインは片手をあげて制した。

「静かにしろ。大声を出すんじゃない」

「お、大声あげるとなだれでも起きますかね」

あわててトールはおのれの口をおさえる。グインはあわただしくうなづいた。

「ちょっと人数が多すぎる。もしも何だったら半分を返せ。とりあえずダーナムの外に出させるのだ。くそ、もうちょっと早く気づけばよかったな。……いっそ《竜の歯部隊》だけで偵察にくれれば何の問題もなかったか」

「何……ですって……」

トールは目をまん丸くしながら、いったいグインが何を考えついたのか、何を考えているのか、知ろうとグインのほうに身を乗り出そうとした。

その、瞬間であった。

「うわあああ！」

突然、すさまじい悲鳴が——

誰の口からあがったのかはわからなかった。というよりも、いっせいに、すべての口からあがったのかもしれぬ。

突然に、大地が鳴動した。

「あ——あああああ！」

「地面が——地面が！」

「大地が……大地が割れる——！」

次の瞬間。

グインをはじめとするケイロニア軍は、足もとの大地のすさまじい激動に、津波のように襲いかかられていた！

# 2

「ワアアアーッ!」

「た、たすけ……」

「アーッ!」

口々に、ケイロニア兵の口から絶叫がほとばしった。

もともと、ケイロニアは岩盤のしっかりした北部の大国とあって、国そのものが、地震などにみまわれることがほとんどない。火山地帯もない。おまけに国土の大半は密生した針葉樹林である。からみあった根が、もしも地震があったとしてもその被害をはるかに軽減してくれる。ごくごくまれに地震があったとしても、それはたいした大きさではないのだ。それだけに、ケイロニア軍のものたちは、いかに勇猛とはいえ、このような天変地異にはまったく馴れておらぬ。

大地そのものが反逆し、つかみかかってきた——

その恐怖にかられ、ケイロニア兵たちは珍しい周章狼狽におちいった。というよりも、そもそも、足が立つことさえ許されぬほどの大地の鳴動であった。

「わ、あ……あああ……」

「助けてくれ、助けて……」

地面は、まるで大波のように揺れている。

いや、世のつねの地震というよりは、地面そのものが立ち上がって、かれらにつかみかかってきたような感じさえもあった。かれらはまろび倒れ、絶叫した——馬たちの甲高いいななきと悲鳴が交錯した！

目のまえの光景がみるみるぼやけ、激しく左右に揺れてぶれはじめる。それがぐるぐるとまわりだすような錯覚がある。天と地とがひっくりかえり、何もかもがごたまぜになって、ふりまわされているかのような鳴動。

いったん揺れがおさまるなり、ケイロニア兵たちは悲鳴をあげてこの呪われた町から走りだそうと半狂乱になった。日頃あれほどに訓練されている《竜の歯部隊》でさえ、いのちからがらダーナムの町から逃げ出そうと夢中になって、仲間をつきのけ、おしのけ、走り出した。なにものもとどめることもできそうもない恐慌であった。大地そのものがそむく、という恐怖に——決してそむかぬはずのさいごのよりどころに襲いかかられる、という恐怖が、このような異変にあったことのないケイロニア兵たちを恐怖に陥れていた。いまにもダーナムの石づくりの建物のすべてがおのれの上に崩れおちてきそうな恐怖がかれらを支配し、いますぐここから逃げなくては、という思いだけがかれらをかりたてている。かれらは、隊列を乱し、狂乱しながら逃げだそうとしはじめていた。さしものケイロニア軍でさえ、大地の脅威の前には無力であるようであった。すぐにも次の激動が襲いかかってきそうな恐怖、次の激動があったら何もかもが大地に飲み込まれてしまうだろうという怯えとおののきだけがかれらを支配しはじめていた。

がらがらと音をたてて、かれらの背後で、建物が崩れ落ちる。それに巻き込まれる恐怖におののいて、かれらは、がむしゃらに、四方八方に突進しはじめたが、前のほうには友軍がいて逃げられぬ、うしろには戻れぬ、と感じたのだろう。夢中で、西のほうと東のほうと、ばらばらと算を乱して逃げられそうな通りに逃げ込もうとしはじめる。いまにもまた、大地が揺れ始めれば、左右の建物がかれらの上に崩れ落ちてくるだろう、という恐怖にとらわれて、かれらは我を失っていた。

「落ち着け！」

その、恐慌に陥りかけたケイロニア軍の兵士たちの耳に、だが、はるか彼方のほうからきこえるのかとさえ思われる、グインの絶叫、咆哮がかすかに鳴動をつらぬいてきこえてきた――

「落ち着くのだ！　大地は揺れておらぬ、これはまやかしだ！　これもまた、黒魔道の術のあやかしにすぎぬ！」

「あ……」

「あやかし……」

「な、なん……」

はっと、足をとめて、振り返ったものは、まだ半数もいなかっただろう。

われ先に走りだして、なだれをうってダーナムを逃れ出ようとした兵士たちの、先のほうに逃げたものたちは、もうそのグインの声さえもいかに大音声とはいえ、きこえぬところまで逃げていた。しかも、かれら自身が恐怖にかられた絶叫と悲鳴をはりあげ続けていたのだから、無理もない。

ダーナムの町の奥のほうに——ということはグインのそばに、ということでもあったが、そのあたりにいて、グインの声をきくことのできたものたちは、はっとまわりを見回し、まるで夢からさめたような表情になった。

確かに大地は揺れておらぬ。何ひとつ、異変があったとさえ見えぬまま、ダーナムの町なみはひっそりと、入ってきてかれらが通っていったときのままに、廃墟さながらの光景をさらしている。

「ああっ……」

「こ、これは……」

かれらは驚愕の声をあげた。

「これはいったい……」

「まやかしだ」

グインは、いったん崩れたちかけた《竜の歯部隊》が、おどろくべき速さで復旧し、もはや、いつでも戦えるよう隊列を組み直しにかかっているのをみて、わが意を得たとばかり莞爾と笑った。

「すべてはまやかしだ。黒魔道のあやかしの術にすぎぬ。……われらを攪乱せんとする、レムスの妖術だ！」

「よ、妖術だったので……ございますか……」

ガウスは目を疑いながら、あたりを見回した。トールも大声で唸ったが、いきなり、逆上したように馬から飛び降り、ありったけの大声で伝令たちに、おのれの騎士団に戻ってくるよう命じろと叫びはじめた。《竜の歯部隊》はほとんどすべてがグインの声のとどくところにいたから、一瞬くずれたちかけたのみで、ただちに落ち着きを取り戻していたが、トールのひきいる黒竜騎士団は、うしろのほうにいたものはもう、それこそ姿が見えなくなるほど遠くまで夢中で逃げ出してしまっていたからだ。

「なんてことだ」

グインの面前で体面を失った、と感じたトールは大声で部下たちを罵った。

「陛下と指揮官をおいてわれがちに逃亡するとは。……これが、ケイロニアの誇る勇者、黒竜騎士団か。見損なったぞ。このばかども、白い羽根の臆病者ども。全員、営倉入りだ、全員処分だ。おのれ、この俺に赤っ恥をかかせおって……」

「まあそういうな、トール」

グインはなだめた。

「何の心構えもないまままあのようなかたちでふいをつかれたら、それはどのような勇者といえども逆上して当然だ。ましてケイロニア人たちはあのような天変地異にはほとんど遭遇したこともないのだからな。ケイロニアの古い歴史のなかでも、大地震のあったことはきかぬ。やむを得まい」

「とんでもありません。こんな、許し難い事態ははじめてです」

トールは聞く耳もたぬふうで、

「後衛で待っているゼノン軍にも、ワルスタット騎士団にもさぞかし大笑いされただろうと思うといっそこの場で自害したいほど腹が煮える。ええい、くそ、どうしてくれよう」

「トール、トール」

グインは声を励ました。

「そこでおぬしが逆上してしまってはどうにもならぬ。よいか、これはまだ序の口だぞ」

「また、あんなあやかしが仕掛けられるとおっしゃいますので？」

「むろんだ。俺がいったのを覚えておろう、もうひとつ、レムス軍がこれほど完全にダーナムから姿を消しているには理由があると……レムス軍の兵士がともにいては、それらもともにあやかしにかかるか、あるいはあやかしにかかっておらぬゆえに、これがあやかしであるのがばれてしまう。――このダーナムにいるのは我々ケイロニア軍だけでなくてはならなかったのだろう。同じそのあやかしの術の被害を、仲間の軍が受けぬためにな」

「ああー」

トールは拳で手のひらをうちつけた。

「そういうたくらみだったのか。おのれ、小賢しいパロの魔道王め」

「待て」

グインはふいに、はっと身をこわばらせた。

「何だ。あの声は」

「見てまいります」

やにわに、グインのうしろから、魔道師がひとり宙に舞い上がってゆく。

異様な悲鳴――そして叫喚が、ケイロニア軍の兵士たちがわれさきに隊列を乱して逃げていった、ダーナムの町はずれのほうからきこえてくる。グインはやにわにガウスをふりかえった。

「ガウス。《竜の歯部隊》動くぞ！　戦闘用意だ」

「かしこまりました！」

「あの地震はあやかしだ。だが、あのあやかしだけでは、いかにすきをついても一瞬しかケイロニア軍を動揺させることはできまい。……たぶん、それは、それに乗じてさらなるたくみをしかけてくるための……」

グインが言い終わらぬうちであった。

「陛下！」

斥候にいった魔道師があわただしく舞い降りてきた。

「ダーナムの北東側の町はずれ、つまりかれらが逃げていったほうのはずれから、異形の軍隊が出現いたしました！　取り乱し、構えを失い、隊列を乱した黒竜騎士団の兵士たちはその異形に肝をつぶし、なすすべなく切りまくられております！」

「異形の軍隊だと。例の竜頭の連中か」

グインは怒鳴った。

「さようでございます。巨大な竜頭の怪物に率いられた、竜のかぶとをかぶった騎士たち、その数およそ二千ばかりかと存じますが……」

「竜頭人は何人いる」

「かなり——その軍勢の三分の一はいるように見受けますが、どこまでが本物で、どれがあやかしでそう見せかけているものなのかはわかりませぬ。が、すべてが本物でないのはたぶん確かです。竜頭人は魔道師には、非常に大きな《気》、生身の人間には出せないほど大きなパワーを出しているのが感じられるのですが、もしもあの見かけほどに本物のかれらが多いのであれば、私など近づけないほどの力が集結しているはずですから」

「わかった」

言下にグインは、大地の揺れたときに飛び降りて庇っていたフェリア号に飛び乗った。さっと《竜の歯部隊》が緊張した。

「助けるぞ！　トール、このあたりに残っているお前の兵をまとめてあとを追ってこい！」

「はッ！」

トールもさすがにグインの副官である。長いこと、考えこむいとまもなく、ただちに行動にうつる。トールがうしろで、兵をまとめようと副官たちを呼び集め、大声で呼ばわっているのをしりめにかけて、グインは《竜の歯部隊》五百をひきい、まっしぐらに、魔道師の告げたダーナムの北東の方向にむかって走りだした。

(きたほうへ逃げるのではなく……そちらへ追い込むようにしむけたのだな。ウム……

なるほど、そういえば一瞬たしかに建物がうしろで崩れてゆく幻影が見えた。あれで、うしろがふさがって、こちらに逃げるしかない、と思わせてこちらに追い立てて……隊列を乱したケイロニア軍が、うろたえたままの状態で竜頭人どもにぶつかり、さらにいっそう恐慌におちいるように……それがレムスのたくみだったというわけだな)

(ふむ、なかなかやるな、パロの魔道王……それもヤンダル・ゾッグに教え込まれてのものかもしれぬが、この程度までは、使いこなすようになった、ということか。小癪な)

グインは、馬をかって、すさまじい勢いで戦場にむかって突進した。遅れじと、《竜の歯部隊》の勇士たちが追随する。

「おおっ……」

それほど迷うまでもなかった。それほどかれらのいたところから離れてもいない、ダーナムの町の中心部に近いわりあいに広い通りと、その周辺に近づくやいなや、さらにすさまじい阿鼻叫喚と悲鳴、そして、すでにぶきみなあの巨大な怪獣めいたすがたが、きこえ、見えてきたのだ。

「おのれ。いたな」

グインはぎりっと歯がみして、怯える馬の首をたたいた。

「大丈夫だ、フェリア。恐れるな」

巨大な、ぶきみな竜頭のすがたが、人々を圧して、それこそおぞましい生ある尖塔のように人々のあいだに屹立しているのが見える。そのまわりで、ケイロンの誇る黒竜騎士団の勇士たちともあろう騎士たちが、完全に恐慌に陥ったために体勢をたてなおす時間もとれないのだろう。なすすべもなく、追いまくられ、その竜頭の怪物がぶんぶんとふりまわす巨大な刀や槍にあっけなく次々と馬から落とされ、あるいは刀のさびにかけられてゆく。馬から落ちた瞬間にわっと、そのまわりに珍しい竜のかぶとをかぶったパロ兵たちがむらがり寄って、数人で取り囲んでとどめをさす。

いかに勇猛、また体格もパロ兵に比して比べ物にならぬとはいえ、虚を突かれ、おびえ、度を失ったところにさらにこの怪物に肝をつぶされ、戦うすべもなくケイロニア兵たちは次々とほふられてゆくようすだ。グインはまたぎりぎりと歯をかみならした。

「ガウス！」

「はッ！」

「突入するぞ！」

「はッ！」

ふたこととは繰り返させぬ。

ただちに、ガウスの口から烈帛の命令がひびきわたる。《竜の歯部隊》は瞬時に、王を先端とする戦槍の陣形となって、この、むざんな、戦場というよりもむしろ虐殺の場のなかへ突っ込んでいった。

「わああ……」

「化物だ……化物が……」

悲鳴をあげながら、切りまくられ、追い込まれ、少しづつ分断されてはたおされてゆくばかりだった、黒竜騎士団の兵士たちにむかって、突っ込んでゆきながらグインは大音声をあげる。

「どうした、ケイロンの勇者ども！　ふがいなし、云い甲斐なし！　それでも、ケイロニア一の勇者黒竜騎士団の猛者たちか！　こんな、見かけ倒しのあやかしが恐しいのか。目だ、目をねらえ！　どれほど強力な怪物でも目までは鍛えることができん。目だ！」

「おお……」

「目……」

「陛下……陛下が援軍に……」

グインの叫び、それにもまして、グインのそのすがたがあらわれたことが、ひたすら戦うことさえも忘れて切り立てられていた黒竜騎士団の騎士たちにもたらした効果は非常なものであった。

「陛下、陛下！」

「マルーク・グイン！」

「目だ。目をねらえ、目がやつらの弱点だ！」

「マルーク・グイン！」

「そうか、目か！」

うそのように、かれらは勇気と剽悍さを取り戻しつつあった。

見るからにぶきみなこの恐竜人間どももまた、ただの、異形の怪物にすぎず、切ればちゃんと死ぬのだ、という考えが、かれらのなかに驚くほどの勇気をよみがえらせたのだ。かれらは必死にこんどは体勢を立て直そうと互いに絶叫しながら仲間を呼び合い、なんとか、隊列もへちまもなく乱れてしまったおのれらの体勢をととのえようとしはじめた。と見てとって、グインはまた声をはりあげた。

「いますぐトール将軍も援軍をつれて来るぞ！」

「マルーク・グイン！」

「マルーク・グイン！」

「《竜の歯部隊》！　支援するぞ、側面にまわれ！　右側から回り込むぞ！」

命令一下ただちに《竜の歯部隊》はグインにぴたりとついて右側から回り込む。グインは、慎重に、竜頭人のひとりにねらいをさだめた。

「その、黄色のマントをつけた竜頭人をねらえ！　目をねらえ、それから足もとを切り払え！　ひるむところをいっせいにかかれ！」

叫びざま、自ら、そのへんのパロ兵を斬り倒すなりその剣を奪い取り、それを投げ短剣のように身構えて、ふかぶかと肩をひいて、一気に投げつけた。

ねらいあやまたず、剣は矢のように飛び、巨大な竜頭人の顔面を襲う。竜頭人は手で顔を守ろうとしたが、剣の速度のほうがはやかった。竜頭人はすさまじい悲鳴をあげ、青い血を噴き出しながら顔をおおう。すかさずグインは馬から飛び降り、その足もとを切り払った。巨大な、グインのからだよりもさえ倍もあるような巨体がたまらずどうと倒れてくる。それを、剣をはねかえす鋼鉄のうろこをよけ、さらに容赦なくもう一方の目に剣をつきさすなり、ひらりと飛び戻る。竜頭人は恐しい悲鳴をあげ、青い血をあちこちにまきちらしながら地面を苦悶してころげまわったが、いきなりはねあがると、そのまま動かなくなった。

「や、やったぁッ」

思わず、大歓声がおこる。この最初の勝利がケイロニア軍にもたらした落ち着きと自信の効果は大変なものであった。

「落ち着け。あんな見かけをしていても、やつらはちゃんと倒せるぞ……」

「目を狙うんだ。やつらは不死の怪物じゃない……見かけはぶきみでも、ちゃんと切れば血の流れる生きた敵にすぎないぞ！」

「戦え、ケイロンの勇士たち！　戦え、黒竜騎士団の勇者たち！」

「マルーク・グイン！」

「マルーク・ケイロン！」

絶叫をあげながら、ケイロニア兵たちは、それまでひたすらおしまくられていた竜頭人たちと、それの率いる竜頭のパロ兵たちにむかっていった。ようやく、かれらはかろうじて体勢を立て直しつつあったし、そこにまた、激しい叫び声をあげながら、トールの率いる残りの兵たちが戦場に到着した。

「陛下、陛下！」

グインの身を懸念して、トールは先頭にたって馬をとばしながら絶叫していた。竜頭人のすがたをみてもおそれるどころか、いっそう激怒したらしく、そのまま剣をひきぬくなり、いまや乱戦となっているたたかいのなかに飛び込んでゆく。

「よし、黒竜騎士団と代わる！《竜の歯部隊》、退け！」

グインの命令がひびいたとたん、《竜の歯部隊》はさっと引き揚げの体勢にかわる。

「左に抜けろ！　いったん離脱！」

馬の上にぴたりと身をふせ、両側のものたちがそれぞれに剣で剣ぶすまを作って左右の敵を威嚇しながら、先頭にたつグインに三角形に追随してゆく、そのさまは、みごとな生命ある槍のうねりにも似ている。

途中でつっかかってくる命知らずのパロ兵はみるみる、その剣ぶすまに切り払われてふっとぶ。苦もなく混戦を突っ切ると、《竜の歯部隊》は左側の道に出た。

「伝令！」

「はッ！」

「ダーナム外で待機する後続部隊にこの状態を伝えよ。ゼノン軍、投入用意と伝えろ」

「かしこまりました！」

ただちに魔道師の伝令が戦線を離脱して空に舞い上がってゆく。グインはひと息入れるように戦場を見回した。

そこはまだダーナムの町なか、むしろ町のまっただなかといっていい。かなり、落ち着いたたたずまいの家々が多いあたりで、庭も道も広いが、それを踏みにじるようにして、ふたつの軍が入り乱れて戦っている。家のなかに逃げ込むものもいる。むらがり、どちらがどちらともわからぬほどの状態で路上の白兵戦になっているあいまあいまに、ぬっと二タールから三タールほどもある竜頭人の巨体がそびえ立っている。だが、その数は最初よりもかなり少なくなったようだ。

「ガウス」

「はッ！」

「よく見てみろ。あの竜頭人どものなかで、なんとなく、妙に……輪郭がぼやけているというか、色合いのうすいやつがいくつかいるのがわかるか」

「はあっ？」

驚いてガウスは目をこらした。それからうなづいた。

「ああ、わかります。あっちから三番目のあのやつなど、他の、その手前のあれなどに比べてだいぶん、その、輪郭がぼやけているようで……」

「おそらくああいうやつが、まやかしの竜頭人なのだ。本当は竜頭人はあんなに大勢はいない……が、大勢いるように見せかけるために、普通の人間を、あやかしの術によってああして竜頭人に見えさせているのだろう。きゃつらはじっさいにはおそらく、いま目で見えているのの半分もいないのではないかと俺は思うぞ」

「さ、さようでございますか……」

「伝令に伝えさせろ。といってもここからでは魔道師だな……魔道師、あの混戦の上にいって、『まことの竜頭人は三分の一くらいだ、残りはあやかしだ』と、ありたけの声で伝えてこい。確か、声を四方に大きく増幅して響かせる術、というのもあったな」

「はい、拡音の術というのがございますが」

「それで、こいつらはまやかしだ、と伝えてこい。——あの竜頭人ども自身にも、きこえるように伝えるのだ。わかったか」

「かしこまりました」

「それにどうやらトールたちは、本物であってもあの竜頭人ども相手の戦いかたものみこんできたようだな。もう、そうめったには遅れをとることはないだろう。よし」

グインはガウスを振り返った。

「撤退。――ゼノン軍及び本隊と合流するぞ。ここはトールにまかせる」

「かしこまりました！」

「《竜の歯部隊》、撤退！」

引き揚げるときは、また、いちだんと素早く――

もうすでにだが、パロ兵で、この精鋭の一団に追いすがろうとするものはない。じっさいかれらはみな、ようやく、ケイロニア軍との戦闘に手一杯になりつつある。にばかげた恐怖からときはなたれれば、ケイロニア軍の精鋭、黒竜騎士団の勇士たちが、たかがパロの弱卒などに破れることはまずありそうもなかった。

トールの姿が、かなりの混戦のまっただなかに見える。手にした剣をふりまわし、おのれも右に左に敵を切り伏せながら命令を次々に叫んでいるようすがここからでもわかるのだ。

「トールも、だいぶん、やるようになったな」

グインはつぶやくと、そのまま、またこうべをひるがえした。馬首をたてなおし、そのままダーナムの町を、南へむかって抜ける。もとより、くずれているがれきの痕跡もなく、やはりあれはまやかしにすぎなかったのだと思わせる。

ひどく心配していたらしいゼノンが駆け寄ってきた。

「陛下！」

「ご無事で！」

「当たり前だ」

グインは莞爾と笑った。

「だが、トールがそろそろ疲れるだろう。ゼノン、珍しい竜頭の怪物と戦えるぞ。トールと代わってやるがいい。二個大隊率いて、この町の北東側をめざしてゆけ。戦いの物音ですぐそれとわかるだろう。竜頭人を先に片付けてしまえばパロ兵はあっという間に崩れたつはずだ。竜頭人をやるときは、遠巻きに囲んで目をねらえよ。やつらは目をやられれば脆いぞ」

## 3

ゼノン軍の投入があったのちは、勝負はきわめて早かった。

ゼノン軍はあらかじめ竜頭の怪物への心構えも出来ていたし、それに、すでに大勢は基本的には決していたからである。グインの指示で、ゼノン軍はまず竜頭人を取り囲んでは一人づつ確実にほふっていった。すでに竜頭人の弱点がその目にあることもわかっていたし、また、大量にいるように見える竜頭人が、実は半数以上はただのあやかしで、残るものだけが本当の竜頭人であるらしいこともわかっていた。事実、あやかしの竜頭人のほうは、目を狙われると、一瞬にして、その姿が消滅してしまうので、あやかしであったとわかるのだった。

その奇怪な怪物のすがたが次々に兵士たちのあいだに倒れてゆき、普通の人間の兵士たちだけが残されるようになってゆくにつれて、ケイロニア軍の意気はどんどんあがり、そしてパロ軍は浮き足だってきた。それは、グインが戦況を見下ろしているダーナム郊外の丘の上からでもわかるくらいであった。もともとパロ兵のよろいは白銀色で、ケイロニア軍のものは重たい鉄色であったから、上から見下ろしていても、建物にさえぎられるとはいいながら、白銀色の小柄な兵士たちのほうが、しだいに追いまくられて、崩れたってゆくさまがよく見えたのだ。いったん崩れると、パロ兵たちはきわめてもろく、また、あえて強力なケイロニア軍に敵対する気をすぐ失ってしまったようだった。やがて、かれらは算を乱して逃走しはじめ、ばらばらに建物のあいだに逃げ込んでいったり、ダーナムの市街そのものから脱出しようとしはじめた。グインは、ゼノン軍に命じて、それを深追いさせず、むしろ追い立てるようにしてダーナム市内から追い出すほうにもってゆかせた。

「それにしても……」

戻ってきたトールが、ひどく興味深そうにグインのかたわらにわざわざやってきて云う。

「あの、竜あたまの化物ではない、普通の人間のパロ兵どもは、何を考えてるんでしょうかね？　あいつらも、やっぱり、何かその、黒魔道ってやつに支配されてるんですか？　そうでなけりゃ、普通、あんな怪物どもと一緒に平然としてまざって進軍したり、戦ったりできないはずですよね？」

「それについては、むろんある程度の思考の制御は受けていると考えなくてはならんだろうな」

相変わらず、グインの答えは重々しい。

「確かにお前のいうとおり、普通の状態だったら、いかにことばたくみに説得されたところで、あのような怪物を仲間として受け入れるわけにはゆかないだろうからな。むろん、思考を制御され、もしかしたら、あの竜頭の怪物の存在がとてもあたりまえなものである、と考えるようにされているのだろうな」

「あんな大勢の人間をいっぺんに、そうやって、考えることをあやつってしまうような大がかりな魔道ってのがあるものなんですかね？」

「俺は魔道にそんなに詳しいわけじゃないぞ、トール」

グインは笑い出した。

「魔道師にきいてみよう。どうなのだ、ギールどの？」

「は」

魔道師のギールはつと二人のかたわらに寄ってきて、かるく頭をさげた。

「通常の白魔道では、そうして人間の思考をあやつるというのは、これまた魔道十二条の禁忌のひとつとなっておりますが……ですから、私どもには、そのような術は使えないのですが、それでもたとえば、あちらから来る人間が突然気が狂って、刀をぬいて襲いかかってきたといたしますと、それを、とっさにその脳に働きかけて、敵意を抜き取るようなことは許されております。ですから、それが大きく拡大され、また黒魔道によって、この魔道十二条の禁忌の制約がはずされておれば、人間の思考を支配することは当然、わりあいに簡単なのです。そして、一人の人間の思考を支配できる魔道師なら、ただ単純に、その同じ術を何人にでもかけてゆきさえすればいいということになりますが……しかしこれだけの人数になりますと、一人の魔道師でそれをすることはまず無理です」

「たとえ、キタイ王当人でも無理なのか？」

「これまでのところは……これだけの人数の軍勢全員を支配し、あやつるというのは、一人ではたとえ〈闇の司祭〉グラチウスでも無理でしょう。――しかし、あらかじめ、何人かにひとり、たとえば百人ばかりのものを選んでおのれの支配する《中継所》のようにしておき、そのひとりひとりにまた、命じて十人ばかりを支配させる、ということは、可能です。ですから、そうすれば、百人が十人づつを支配すれば千人、千人が二十人づつ支配できれば二万人の人間の精神を支配できることになります。そのかわり、その術者のもとじめといいますか、最初に術をかけた人間から、あいだに何人かそうして中継所が入るほど、かかる術は薄くなりますから、さめるのも早くなりますし、またややこしい命令に従わせたり、当人のもともと持っている希望にそむく命令に従わせるのは困難になって参ります。――人数がふえるほどそうなります。それに、どのくらいの人数までを支配できるか、というのがつまりは、その魔道師自身の持っている力の強度

「もし万一にもそういうことがあればでございますが……」

「ということは、もしもこれ全体が、レムス王がやっていることであるとしたら、いまのレムスはかなり強力な魔道師でもある、ということか？」

による、ということになります」


ギールはいくぶん、疑わしげな顔をした。

「私ごとき下っぱ魔道師がそのようなことを申しては生意気でございますが……レムス王は、もともと魔道の祭司でもある聖王家の出とは申すものの、聖王家の男児として必要な魔道学をおさめるべく、王立学問所で研鑽をつむずっと前に黒竜戦役でクリスタルをはなれております。そののち、戻ってきてからはただちに即位して、そのあとも特に魔道の研鑽はつんではおりません。魔道の研鑽というのはなかなか時間のかかるものでございますので。――ですから、レムス王が魔道の使い手である、などということはずっと、まったく誰も信じておりませんでしたので……その後、当代の大魔道師であるかのキタイの竜王がレムス王をその道具として使うことにより、当人も当然、かなり脳の使い方に目覚めては参ったでございましょうが……しかしそれでも、もともとが、きちんと魔道師としての訓練を受けた脳ではございませんので、いかにキタイの竜王が使った術をならい覚えたとしても、一人前の魔道師としてこれだけの術を使うなどということは……自分自身については、けっこう簡単に、空中浮遊だの、《閉じた空間》の利用だの、ということは覚えられると思います。しかし、他人の脳に影響を与える、という術の段階になりますと……」

「ということは、だが、いま、キタイの竜王はクリスタルを去っているのははっきりしているわけだからな」

面白そうに——だがいくぶんにがにがしげにグインはいった。

「可能性として、ほかにもっとすぐれた魔道師がそばにいて、レムス王を操ってその《中継所》の中継所にしている、ということはありえないのか？」

「そのほうが、はるかにありうると思うのですが……しかし、キタイ王が、キタイに去るに及び、どのような看視役をパロに残していったか、というようなことは、私どもでは、知ることができませんし——キタイ王のもとにどんな魔道師たちがいるか、というようなことも——そもそも、キタイ王自身がこのような大魔道師であること自体、なかなか知られなかったことでございましたし……」

「もしもいるとすれば、あいつだな」

ひそかにグインはつぶやいた。

その脳裏に、あの昨夜のぶきみな訪問者——絶世の美貌と、そしてあまりにも邪悪な魂とをあわせもつ夢魔の王子とも呼ぶべき少年のすがたがまざまざと浮かんでいる。グインはかすかに身をふるわせた。

（あやつこそ……まだあれで、この世に生まれて数ヵ月にしかならぬのだと思うと、身の毛がよだつ。——俺の戦いは、もしやして、あの邪悪な子供相手のものになってゆくのかもしれぬ）

「どう、なされました？」

「いや。なんでもない」

グインは、報告を受けるために立ち上がり、アモンの面影をまぶたからふりはらった。めったには、敵にさえそこまでの憎悪を感じることのない彼であったが、あまりにも純粋培養された《悪》と《闇》そのものに彼のからだ自体が拒否反応を示すのか、アモン王子のことをただ考えるだけでも、グインのなかに、必ず突き上げてくる身震いのような嫌悪感があるようであった。

「——いまいろいろ考えすぎることもない。クリスタルに入れば、何もかもはっきりする。——だが、やはり、ここでもうこれだけの魔道のいくさを仕掛けてくるところをみると、クリスタルに近づくにつれて、いっそう魔道がらみの仕掛けが多くなるということだな。ということは、やはり、ヴァレリウス及び他の上級魔道師たちの部隊と合流するのを待って、クリスタル進攻をはたしたほうが無難だということだろう」

「それは……そのように考えますが……」

「でも、魔道のたたかいといったって、こうして見破られてしまえば何の力もなくなってしまうように思えますけどねえ」

トールは、あくまでも現実主義者だ。

「そりゃ、いっぺんは必ず浮き足立つかもしれないが、それで追い払ってしまえるわけじゃないですからね。……いずれは、ただのあやかしだってことに気がつかれてしまえば、役にたたなくなるでしょう。それでは、最終的に勝利をおさめるわけにはゆかんと思うんですが」

「いや、だが、あの竜頭人たちの姿だけでも、相当にわがほうの兵たちを怯えさせ、混乱させるには効果があったのだぞ」

グインは肩をすくめた。

「ましてあれがもしも、同胞の死体、よく知っている人間の死体がよみがえって襲いかかってきたり、誰もがあの竜頭人の弱点を知らないままだったらどうなったと思う。最初のうちの黒竜騎士団のように、あっけなくくずれたつだろうし、そこをもうちょっと大勢の軍勢で待ち伏せをされていたら、それで相手の手中におちいるだけの話だろう」

「ついつい、お見苦しいところを見せてしまったのは事実ですから、俺には何も言えませんがね」

トールはひどく不服そうであった。

「でも、俺は、うちのやつらなら、しばらくうろたえていても、必ずそのうちに立ち直ってなんとか切り抜ける方法を見つけてくれたと信じてるんですがね。——でも、どちらにしても、これで当分のあいだ、俺と黒竜騎士団は、陛下と《竜の歯部隊》に頭が上がらなくなっちまいましたけどねえ。くそ、あんなにいきなり驚かされなけりゃあ、あんな竜の化物ごときにしてやられるはずじゃあなかったんだが」

「さいごにはお前たちは立派に勇敢に戦ってかれらを撃退したし、それにわれわれは、前に一度あの連中と遭遇していたから、もうちょっとは予備知識があったからな」

グインはくやしそうなトールを慰めた。

「それに、まだこれでやつらの魔道攻撃は終わったわけではない。むしろこれは序の口だろう。これからにそなえておくがいい。たぶん、まだまだきゃつらはクリスタルに近づくほど、いろいろこざかしいことをしかけてくるのだろうさ」

「きゃつら、とおっしゃいましたね？」

いぶかしげにトールが聞きとがめる。

「つまりはでも、これはみんなレムス王が仕掛けていることなんでしょう？　そうじゃないんですか？」

「それはどうかな」

グインはいくぶん含みのある言い方をした。

「それもいずれわかるだろう。俺としてはむしろ、しだいに、レムスはただの傀儡かもしれぬ、と考えはじめていたが、いまのギールどのの説明をきいていよいよその感を強くした。結局のところレムスはまだ、より強力な魔道師によって操られているということだろう。だとしたら、レムスをうち負かすことはレムスを解放してやることにもなる。早いところ、そうしてやらねばならぬ」

ダーナムが完全にグイン軍の手におちるまでには、しかし意外と長く時間がかかり、日が落ちる前にようやく斥候から、「すべてのパロ兵はダーナムを立ち去ったことが確認されました」という報告が入った。ちりぢりに崩れ立ったとはいえ、ダーナムの市街の路地にまぎれこみ、あるいは家のなかに入り込んだりしてしまったものは、なかなかにかりたて、追い出すのが困難であったのだ。だが、グインは、あるところまででその残兵の探索をうち切らせた。なかにはまったく戦意を失って地下室などにもぐりこんで隠れてしまったものもいたし、そうした連中を一人一人、探し出しては殺しているのはかれら一人一人の持っているケイロニア軍への危険の少なさに比して、あまりにも手間がかかりすぎる、と判断したのだ。

ようやくダーナムが制圧された、と報告があってから、ふたたび、慎重に隊列をたてなおして、グインは《竜の歯部隊》を率いてダーナムの市街地に入っていった。市街のはずれのほうは前と何もかわらぬ、ぶきみな無人の廃墟のような様相を呈しているままだったが、戦闘のおこなわれた北東の半分のほうに近づいてゆくと、路上のいたるところにパロ兵の死骸、それに比べればかなり数は少なかったがケイロニア兵の死骸、負傷者たちなどがころがっていた。そのあいだに、決して少なからぬあのぶきみな竜頭人の戦士の巨大な死骸がよこたわっている。ほとんどすべての竜頭人がケイロニア兵の手で殺されたのだった。

あやかしで竜頭人と見せかけられていたものたちはすべて、消滅してしまっていて、路上に倒れて息絶えているのが本物の竜頭人であった。うろこをつけた巨大な竜の頭に、たくましいからだにはがねのよろいをつけ、首から下は、そのとてつもない大きさをのぞいては、ごく尋常なたくましい人間のそれに見える。だが、むきだしにあらわれた腕の外側などには、やはりうろこが生えている。

生きて戦っているときには三タールもあるように見えていたが、それはあるいはあやかしでかなり大きく見せかけていたのかもしれず、そうして倒れていると、もっとも大きいものでも二タール半くらいのもので、平均して二タールほどの大きさのように思われた。グインは、馬をおりて、気を付けてその竜頭人たちの死体を調べた。そのように彼が命じたので、竜頭人たちはすべて目をねらわれ、つぶされて、そののちにひきおろされて、硬いうろこが守っていないのどや首をかき切られて殺害されていたので、その死体はかなりむざんなものであった。その首や胴の切り口から流れ出ている血は、最初は青い色をしているように見えたが、こうして冷えてかたまってくると、妙なおぞましい黄色みがかった緑に見えた。うつろに動かぬまま、異郷の地面によこたわるその怪物たちを、グインは何か奇妙ないたましさと、胸のどこかにうずいている罪の意識のうちに眺めた。

「こやつらとても、こうして生きて動いていて、戦うことをもよろいかぶとをつけて歩き回ることをも知っているからには、生あるものにかわりはないのだ――いや、知能もあり、それぞれの喜怒哀楽もある存在なのだろう」

グインは、そっとあとをついてくるガウスにともなく洩らした。

「このような異形をしているゆえ、誰もそのように思わぬかもしれぬが――こやつらにも、家族もあり……このようにしてここで死んでいるからには、生まれてきて、幼いときもあり、それから育っていって、戦いに出てきた、というごく通常の順序をもふまえていなくてはならぬ。――俺はキタイにいったときには、そこまで内実を知ることはできなかったが……それでも、《竜の門》という名をあたえられた、この竜頭の一族が、キタイ王にかなり重用されるひとつの部隊となっていたのは覚えている。……あのときには、俺もおのれの使命をはたすに夢中でそこまでかんがみるゆとりとてもなかったが……こやつらは、また、いったいどのような数奇な運命によってこのようなすがたかたちで、この世界に生まれおち、そして育ち……そしてキタイ王に連れられてこのようなはるかな中原まで遠征してくることとなったのだろうな？……たしかキタイでは、もともとこの、竜王の血をひく竜頭の一族、というものは非常に格式が高いことになっており——それよりももっと下等とされている、魔道によって竜頭にかえられたもとはただの人間であったものもいたと覚えているが……」

「さようで……ございますか——」

「どれか一人を生かしてとらえさせ、いろいろと質問をしたかったが——このようなすがたかたちの者たちが何をどのように考えて生きているのかだな。俺にとってもひとごとではないのだしな」

「何をおおせになります」

びっくりしてガウスはいった。グインは首をふった。

「おぬしらは俺にはもう馴れてしまっているから特に異形とも思わなくなっている。だが、俺と同じような豹頭の戦士たちがむこうから奇声をあげて襲いかかってくれば、おそらく、非常な恐怖心にかられ、俺たちを化物と呼び、そして容赦なく囲んで斬り殺そうとつとめただろう。——それと同じことだ。この竜頭の戦士たちとても、ただあるじの命令にしたがって襲ってきたのには違いないのだ」

「そりゃ、陛下、竜頭か豹頭かってな問題じゃありませんよ」

うしろからついてきていたトールが頓狂な声をあげた。

「それは、あっちから奇声をあげて襲いかかってくるやつがいれば、それが竜頭だろうが豹頭だろうがサル頭だろうが戦わざるを得ないですとも。しかし、相手がどんな見かけをしていようと、それが自分より立派で、自分に危害を加えないのだったら、そりゃ、何も戦う理由も、恐怖心を感じる理由もありませんからね」

「まあ、それはお前のいうとおりだな、トール」

グインは認めた。

「だが、俺はいくつかどうにも不思議でならぬことがあってな。——ひとつは、まず、この竜頭人たちの部隊をどのようにしてキタイ王ヤンダルが、レムスが制御できるようにしたのか、ということ。もうひとつは、この連中はもともとは、どのような存在であったのかということだな。……どうやらヤンダル・ゾッグ自身が真実はこのような外見をしているようなのだが、ということは、この竜頭の一族が——それがどうやら、あの空の向こうにあるどこかの別の世界からはるか昔に偶然やってきて、地上に暮らすようになった、ということまではわかっているが——キタイにはかなりたくさんいるということだ。むろん、伝説はいろいろなことを伝えている。太古王国ハイナムには代々、おそるべき能力をもつ、半神というべき人面蛇身の一族が王として君臨している、という伝説があるし、ランダーギアの密林には、サルと人のあいだのような存在の人種がそれなりの王国を作っているという言い伝えもある。むろんまた、ノスフェラスのセム族、ラゴン族も、似たような特殊な存在だ。——この地上で、ひとはとかく、おのれの似姿だけが正常な存在なのだ、と思いがちだが、俺自身も含めて、『おぬしたちのようでない、だが知能もあれば文化文明も築いている存在』は実はいくらでもあるのかもしれぬ。——だとしたら、それとのあいだにはどのような交流を築き上げるのが正しいことなのか——狭く安全な中原にとじこもっていた時代がおわり、もしもより広く東方、北方、南方、そして西方と交流する時代がやってくるとしたら、文化の違いのみならず、このような、外見の違いをただちに怪物ととらえぬこと、を人間たちは学ばなくてはならなくなるかもしれんな」

「そのためには、陛下の存在は何よりもの指針になりますよ」

トールは陽気に保証した。

「陛下を見ていれば、人間というのはべつだん、豹の頭をしていようが、なんだろうが、かわりないんだということがたちまちわかりますから——まともなやつならばね。だから、この竜人たちとだって、本当は話は通じさせられるのかもしれないし、だがこいつらがこうしてしゃにむにかかってくる以上は殺さないわけにはゆきませんよ。——何も、お気沈みになることはありませんて。これは、いくさなんです。相手が竜頭だからじゃない、相手が敵だから、こいつらを殺さなければ、我々が殺されていたんですから」

「ああ。そうだな」

それをきくと、グインの表情はいくぶん明るくなったようだった。

「お前のいうとおりだ、トール。——よいことをいってくれた」

「それに、陛下は豹頭であろうと、偉大な英雄で、こいつらは、竜頭であろうとなかろうと、レムス王だか、キタイ王だかにあやつられ、命じられて我々を襲ってくる敵なんですからね。それだけのことですよ」

「ああ」

グインがさらに何か云おうとしていたときだった。

「陛下」

ギールが低く云った。

「ただいま、ヴァレリウス魔道師より、心話で——少々、お話いたしたいことがあるゆえ、《閉じた空間》でそちらに参上するので驚かれぬよう、との連絡がございました。まもなくここにあらわれましょう」

「おお」

グインはうなづいた。

「それはちょうどよい。俺もヴァレリウスに頼みたいことがいろいろとあったのだ」

「それにしても……あやしげな連中ですな、魔道師っていうのは。——いや、すまないな、ギールどの」

トールはちょっと肩をすくめて、かたわらの魔道師を見やった。

「しかし、ケイロンの連中にしてみれば、いきなり遠くから、頭のなかに声を届けてきたり、サラミスから突然あらわれたり……そりゃ、びっくりもするわな。我々の世界には、ついぞないことなんだから」

「……………」

ギールはフードをふせて、低く笑っただけである。

そのとき、かれらの前に、もやもやとした黒いかたまりのような霧が生まれ出た。それは、見守っているものたちの前で、しだいに凝り固まり、そして、やがて、長い魔道師のマントをかぶった小柄なすがたになった。

# 4

きていた。

「おお」

グインのほうは、さすがにもう、このような魔道師の出現のしかたにはかなり馴れて

「ヴァレリウスか。——どうした。何かあったのか」

「ひとこと、ご注意申し上げておかなくてはと、いそぎ参りました。情勢については、逐次魔道師たちから連絡によって、報告してもらっておりましたので……」

あらわれたのはむろん、ヴァレリウス魔道師であった。

「まずはダーナムでの緒戦のご勝利おめでとうございます。しかしながら、まもなく日も暮れましょう。それゆえ、どうあってもひとこと、ご忠告申し上げなくてはと思い、このように参上いたしました。まだ、ベック公にとりついた《魔の胞子》の手当や調べはついておりませぬが、とりあえず……」

「どのようなことだ、ヴァレリウス」

「とりあえず、まずはダーナムをお出になることでございます。——というか、少なくとも、ケイロニア軍はいっさいダーナムで夜をすごすことはおやめになること。それから、いますぐ、これから完全に日が落ちるまでにはまだ一ザン近くございましょう。そのあいだに、いそぎ、この竜人も含めまして、このいくさの戦死者をすべて一ヶ所にあつめ、昨日のいくさの戦死者同様、すべて焼き尽くしてしまうことをお忘れになりませぬよう。——パロ軍はすぐに撤退いたしますが、その分、恐しいのは、この、戦死者として残されたものたちが、夜闇にまぎれてゾンビーの魔道によってふたたびケイロニア軍をおそってくる、ということです。——ことにこの竜頭人たちがゾンビーとなりますと、こんどは目をつぶしたところできき ませぬ。かなり手強い相手になってしまいます。いまのうちに、完全に焼き尽くしてあとかたもなくしておかないと、危険でしょう」

「おお」

聞くなり、はっとグインは大きく拳で手をうちつけた。

「いくさを終えてダーナムに入ってから何か、ずっと心のどこかにひっかかっていたことがあったと思ったが、まさにそのことだったのだな。すまぬ、ヴァレリウス。手間をかけた」

「いえ。……お役に立てれば幸いでございます。——英明な陛下のこと、私などが差し出口をいたすまでもなくお気づきになろうとは信じておりましたが、万一ということもございますし――それに私の考えでは、おそらくこれもまた、レムス王のたくみの一部……」

「というと」

「たいへん恐しいことではございますが……現実のパロの兵士たちよりも、おそらくはゾンビーとなった兵士のほうが力を発揮するはず、ましてや竜頭の戦士たちはゾンビーとなれば無敵のはず……このいくさは、あえて戦死者を作り、夜となってから、それらがゾンビーとしてケイロニア軍を襲うための《下準備》ではないかとさえ、わたくしは勘ぐっておりますので……」

「おのれの兵を、むざと我々に殺させて、ゾンビーとして使うというのか」

さすがにグインはかるく身をふるわせた。

「それは酷い、酷すぎる話だ。――何にせよ、ただちにとりかからねばなるまい」

グインは、伝令を呼び、ただちに両軍の負傷者たちを手当のためダーナム市中のおもだった建物に収容すると同時に、戦死者たちをダーナム郊外の草原、類焼の危険のない広い草地に運び出し、油をかけて火葬にふすようにと命じさせた。

「これでまずはよかろう」

るいるいたる死骸がよこたわる、市の中心地のあたりのさんたんたる光景の上に、しだいにゆっくりと暮色がおりてくるのを見ながらつぶやく。

「やはりゾンビーの動き出すのはしかし、夜と決まったものなのかな。夜でないと、ゾンビーの術が使えないというわけでもないだろうと思うのだが」

「白昼のほうがはっきりと見えて恐怖心をつのらせる場合もございますが、やはり、夜の闇のなかから、どこからゾンビーが突然にあらわれてくるかわからぬ、という状態がもっとも人間の気持ちを攪乱するでございましょうから」

ヴァレリウスはしずかにいった。

「それに闇のなかですと、どれがゾンビーでどれが生きている人間の負傷者か、というようなこともわかりにくくなります。それにやはり、黒魔道は闇との親和性が高いのだと思いますよ」

「そうか」

「このさきも、むごいことではございますが、ともかく戦死者が出ましたら、ためらわず焼き捨てるか、あるいは勝手に動き出すことのできぬよう、深い穴を掘って埋めることをお忘れなきよう。――もっともこの急場にいちいち穴を掘って埋めたり、その上をふみかためたりしているいとまもございませぬから、やはり、火葬がもっとも安全でございましょう――それも、死者たちへの供養にもなることでございますし、死者のなきがらをゾンビーとしてあやつる、というほどの残虐な冒瀆はございませんから、かれら自身のためとお考え下さって、もやしつくしていただいたほうがよろしゅうございます」

「酷い話だな」

　グインは低く云った。

「このゾンビー使いの術というもの、どうしても、許す気になれぬ。――かつて、サルデス国境で〈闇の司祭〉グラチウスが操るこの術にはじめて出くわしたときもなんと冒瀆的な、と思ったが、これぞまさに黒魔道というものだな。……黒魔道というのが、なぜ、見逃しておいてはならぬ許し難いものなのか、なぜ魔道師ギルドを作り上げた白魔道師たちが、それをおのれたちと相反するものとして、つよくしりぞけるのか、少しずつ俺にもわかってきたようだ」

　そのグインの述懐へは、ヴァレリウスは、かつての饒舌が嘘のように、丁寧に頭を下げただけだった。

「それでは、これにて……わたくしはまたサラミスに戻りますが、一両日中にはなんとか、イェライイシャ導師や魔道師軍団の仲間をともなって、陛下のクリスタル攻めにお力をお貸しすべく戻ってこられると期待しております。――イェライイシャ導師ともようやく連絡がとれましたし、とりあえずのところベック公も、あのまま結界のなかで安全にしておられますので」

「おぬし自身は、少しはやすんでいるのだろうな、ヴァレリウス」

この問いには、ヴァレリウスは何も答えず、いっそう深くフードをかたむけただけだった。そのまま、丁重にまた頭をさげ、ひょいと、またその身のまわりがもやもやと曇りはじめたとみると、そのままそのすがたが黒い霧のなかにとけこんでゆく。

「ごめん下さいませ」

さいごにその霧のなかから遠い声が聞こえたかと思うと、もう、次の瞬間にはその黒い霧さえもあとかたもなくなっていた。

「気の毒な男だ」

低くグインはつぶやいた。トールがききとがめた。

「何か、おっしゃいましたか？」

「あやつ、だんだん、この俗世のすべてのものごとに関心をなくしてゆくようだ、と思っただけのことだ。――まあよい、それではせっかくああして忠告にきてくれたのだ。ダーナムの建物を使って夜営するのは危険だとみなしたほうがよいな。全軍、ダーナム郊外で夜営ということにしよう。そして、明日はイーラ湖ぞいにまわりこみ、いよいよクリスタルをめざす。――ダーナムの町そのものにも、まだどのような魔道のワナが仕掛けてあるか、わかったものではない、ということだな」

「やっかいなことですなあ」

感心したようにトールが云う。

「誰もいない町があっても、それがこんどはワナではないかと疑わなくてはならなかったり――ようやっと敵を倒したと思えば、こんどはそいつがゾンビーになってかかってくるのを恐れなくてはならんとは。私は、もとのケイロニアの、すこやかなあたりまえのいくさが懐かしいですよ。……こんな魔道などというものがあまりあたりまえになる世の中になってほしくないものだな。きっすいのケイロニア人にはまったくむかないですなあ、こんなことは」

「まったくだ」

グインも認めた。

「ともあれ、あの竜人たちのあのかたいうろこを焼き尽くすには相当時間がかかりそうだ。――まあ、毎回いくさのたびに戦死者を焼き払ってしまえとヴァレリウスはいったが、それよりも俺は、戦死者をゾンビーに仕立ててあやつろうとしている当の本人をおさえてしまうのが一番たやすいと思うからな。もう、そう何回もはこんな暗鬱な死体運搬人まがいの仕事を騎士たちにさせずともすむさ。うまくゆけば、明日にはクリスタルだ」

「おお」

トールは思わずいった。

「クリスタル――！」

「そうだ。明日、遅くともあさってにはいよいよ魔道の本拠地クリスタルに進攻することになろう。それからが、魔道とのたたかいの本番だ。心してかまえておくがいいさ——もしもヴァレリウスが長引くようならば、ダーナムで、ないしイーラ湖畔まで兵をすすめてヴァレリウスたちを待っていなくてはならぬかもしれぬがな。俺としては、どうやら魔道でレムスが何をしかけてこようとも、それでいちどきにこれだけの人数の軍勢が全滅させられるということはなさそうだし、そうであれば、逆に、最初どれほど仰天させられたとしても、こちらがからくりに気づけばなんとか切り返せるという自信もっていてきたので、明日にはクリスタルにかかりたいのだがな。——が、ヴァレリウスは一両日中には戻ってくるといっている。そこまでは待てぬかもしれんが……」

「魔道との戦い、ですか……」

トールは感じ入ったように叫んだ。思わず、ガウスもふりかえった。

「そうだ。これまでのたたかいとはまったく違うと思え。これはよい経験になるぞ、ケイロニア軍にとってはな。きょうのものも充分によい経験になっただろうがな」

「あいた、まだそれをおっしゃいますか。——黒竜騎士団には、サイロンに戻りしだい、研修期間のなかに、タリッドのまじない小路で勉強してくる十日間も入れることにしますよ。……そうすれば、もうちょっとはあやかしだの、魔道だのに強くなるでしょうからね」

「それもよいかもしれんな」

とぼけたようにグインはいった。

その目は、次々と運び出されてゆく竜頭人たちの死骸の上に注がれていた。それは、はるかな異郷――しかも、かれら本来の世界からしたら、まったくの、宇宙のはての地でさえあるはずの異郷のはてでいのちを落とすことになったこの異形のものたちへのあわれみとも、うれいともつかぬものにかげっていた。

「俺とても、ああしてノスフェラスでいのちを落としていたかもしれぬ――ルードの森でも……レントの海でも……」

グインは低くつぶやいた。

「いずれ、たとえ遠征軍をひきいてでも、キタイ王とは最終的な決着をつけねばならんことになるだろう。――その以前にあちらからまた、何か仕掛けてくることになるかもしれんが……そこを解決せぬかぎり、たとえいま、パロを平定したとしても、中原はいつまでもキタイからの侵略の危機に怯えていなくてはならぬということになるからな。……まだまだ、俺のしなくてはならぬことはあまりに多い。いつか、また、俺はキタイにおもむくことになるかもしれぬ。――いや、きっとなるだろうが……」

「陛下――？」

「いや。気にするな。独り言だ」

グインは、首をふった。

ようやく、ダーナムに日は暮れ始めている。兵士たちは、またしてもおそるべきゾンビーの危機があるかもしれぬ、ときかされて、必死になって、死体にふれ、それを運び、ときにはちぎれとんだ首や腕や足をかきあつめて運ぶぶきみな任務さえいやがるようすもなく、次々と戦死者たちを運び出しては、火葬のために作られた場所に積み上げている。特にそう命じられたので、最初に竜頭人たちの死骸がどんどん運び出され、そして、あるていどそれが集まったところで、「火をかけろ！」という命令が下された。市中から集めてきた油がかけられ、暮れなずんでゆく原のさなかで、火がかけられる。

たちまち、ごうっと音をたてて、オレンジ色の炎が燃え上がる。そのなかに、竜頭の怪物の、うろこのついた頭、両側に小さな角のようなもののあるその頭や、うろこにおおわれた四肢や顔が浮かび上がるのは、おそろしくも幻想的でさえある眺めであった。

いずれも完全にことときれている。竜頭人については、ことに念を入れてみながとどめをさしたため、負傷ですんだものは一人もいないのだ。

それゆえ、もう、火をかけられても、それでもがきだすことも、のたうち苦しむこともないのはわかっていても、それでもやはり、まがりなりにもさっきまで生きて動いていたもの、ひとのすがたをしたものが、そのまま目の前で焼かれてゆく、というのは衝撃的な眺めであった。

さらにそのとなりには、かれら自身の仲間、戦友をも含めた、パロ、ケイロニア両軍の戦死者たちが次々と運ばれ、積み上げられてゆくのだ。

竜頭人たちの死体に火がまわってゆくにつれて、肉のやけこげる異臭のみならず、ひとの焼けるにおいとさえまた異なる、なんともいいようのない異様なにおいが鼻をつきはじめた。

それもまた、かれらがいかに異次元の、異世界の存在であるのかを示すかに思われる。やがて、中原の人間たちの死体にも火がかけられ、これは、もはやなじみ深い、ひとの肉が焼かれるあの特有の臭気があたりにたちこめる。

衣類やよろいかぶとなどは、ひきはがす手間もかけぬままであったから、なかにはなかなか燃えずにくすぶるものもあるし、そこからはさかんな黒煙、白煙がたちのぼる。ことに、竜頭人のうろこはなかなか燃えつかないようであった。

夜が訪れようとしているダーナムの郊外に、ごうごうと炎がいまや天をこがすばかりに燃え上がり、次々と火勢をつよめるべく、油がそそがれ、まきがくべられる。煙がもくもくとあがって、視界をさえぎり、交替で火の番をしなくてはならぬ兵士たちはひどくせきこみ、目をこすり、涙を流している。

どう少なく見積もっても、竜頭人たちの死骸だけで二、三百、そしてふつうの人間の兵士の戦死者たちはおそらく一千の単位にあがっていたから、あとからあとから運ばれてきても、焼かなくてはならぬ材料がつきることはないかのようにさえ思われた。兵士たちは煙を呪い、目をこすり、せきこみ、口に布をあてたり、口のまわりに何かまいたりしながら、しかし、ゾンビーに闇のなかから襲いかかられるあの恐怖を思い出すと、不平をいうこともなく、必死にこの不愉快な仕事を引き受けて立ち働いた。なかに多少の心得のあるものがいて、戦死者たちのためにルーンの祈りをささげ、ルーンの聖句をとなえて、ほかのものたちにもとなえさせる。そして、さだめどおり、多少の酒と塩をまき、せめてものたむけにする。

「焼いても焼いてもきりがない」

「今夜じゅうなんて、とても無理じゃないのかな」

兵士たちは悲鳴をあげた。グインは、さらに黒竜騎士団の兵たち、《竜の歯部隊》のものたちにさえ手伝わせて、ゾンビーがあらわれぬよう、火葬を急いだ。すでに、日はとっぷりと暮れてゆき、ごうごうと燃えさかるオレンジ色の炎いくつかだけが天をこがしている。

「陛下、どうしても、今夜じゅうに火葬の間に合いそうもない分の死体は、どのようにしたらよろしいのでしょうか」

ガウスが閉口したようにききにくる。グインは溜息をついた。

「やむをえんだろう。それらは、とりあえず、勝手に動き出す、というより勝手に使われることのないよう、上から重たい石でものせるか、どこかの地下室にでもまとめて封じ込めて厳重に外からカギをかけてしまうかするほかはない。いかにゾンビーといえども、重たい扉をカギをやぶって出て、そして襲ってくるほどには力はないようだからな。――あと、どのくらいかかりそうだ」

「このまま燃やしていたとしても、三日三晩燃やし続け、というくらいにはなりそうですし、その前に油が品切れになりそうです」

「そうか。やむを得ん。では、別の部隊には、死体をおもだった建物の地下室に封じ入れて外からカギをかけ、厳重に見張らせておくことだな」

「そのままにしておくので――?」

「いや。――なるべく、延焼の危険のなさそうな、庭の広い建物を選んで地下室を借り、申し訳ないことだが、明日出立できるなら、そのときにその地下室に火をおとして出る。――延焼してダーナムの全市が全焼するようなことのないよう、むろんいくらかの部隊は残してゆくが。ともかく、死者がよみがえって襲ってくるようなことがあれば、我々にとって脅威なだけではない、その死者の身内であるパロの人々にとってでもこれよりむごく、残酷なしうちはないと言えるだろう。これについては、きっと理解してもらえるだろうさ。どの建物を選定するか、それはガウス、お前にまかせる。なるべく、まわりとはなれていて、ひとつの建物にまとめて死体を入れて火をかけ、その火が燃え広がらずに消えそうなところを選んでくれ」

「かしこまりました」

ガウスはうなづいて歩き出しかけたが、思わず足をとめた。

「なかなかに、楽しくはないお仕事でございますな、陛下」

「まったくだ。すまんと思っている」

グインはにこりともせずに答えた。

ダーナムの周辺は、いまや、にわかづくりの不夜城と化したかのようであった。ごうごうと燃え上がる炎のおかげで、ことに北側はひどく明るく照らし出され、無人の尖塔つきの家々がひどくくっきりと闇のなかに浮かび上がる。

その彼方に見えるのはイーラ湖の湖水である。暗い夜のなかで、星も月もない暗夜のこととて、黒くひっそりとしずまっているばかりだが、それでもそのあたり一帯にかなり大きな湖がひろがっていることははっきりとわかる。かえりみれば、ごうごうと燃えさかる葬送の炎のなかで、すでに異形の竜頭人たちは、ふたたび故郷の土をふむこともなく、うろこまでも燃え尽きてくずれおちかけている。よろいかぶとだけが黒こげになりながら猛火のなかでくすぶっている。

「かれらにも、家族はあったのだろうか。どのような生活を送り……何を考え、何をヤンダル・ゾッグにふきこまれて、このようなところまで従軍してきたのだろうか」

低くグインはつぶやいた。

(かれらの本来の世界では……俺の本来の世界《ランドック》とやらでは、この豹頭の人間たちがごくあたりまえにさまざまな機械をあやつり、宗教もあれば政治もあり、文化もあれば恋愛もあってごくふつうに生活していたはずだ。それと同じように、かれらの本当の世界では、みなこのような竜頭にうろこのあるからだをして歩き回り、何もそのおのれの存在を当然のことながらふしぎとも思うことなく、それなりに、竜頭人の世界のなかでの夢をみたり、出世を夢見たり……野望を抱いたりしていたのだろうか。だとしたら……ノスフェラスのカナンの人々の夢や明日を一瞬にして打ち砕いたあの一夜と――この俺がきょう竜頭人たちをこうしてほふり去ったことと何が違うというのだろう)

(キタイの奥地には、竜頭人だけの国――あるいは都市があるのだろうか？　だとしたら、そこでは、みなどのようにして暮らしているのだろうか……行ってみたいものだな)

「陛下」

つと、伝令が近づいてきた。

「なんだ」

「ご報告でございます。――ただいま斥候からの報告で、ゴーラ王イシュトヴァーンの軍勢が、すでに数ザン前より出立の準備に入っておりましたが、アライン方面より、クリスタルに入る街道づたいに移動を開始している、ということでございます。夜の行軍をあえて強行することに決したようでございます」

「そうか」

特に意外そうでもなくグインはうなづいた。

「アラインからクリスタルへの街道か。――ダーナム-クリスタル街道のすぐ南側に、カラヴィア公アドロンどのの軍勢がいるな。――よし、伝令、アドロンどのに使いだ。ゴーラ王イシュトヴァーンの軍勢が北上し、クリスタルを目指すもようだが、それに見つからぬよう、もうちょっとダーナム寄りに西へ動いて、決してアライン-クリスタル街道の沿線にかかわることのないようにしてくれ、とお願いしてくれ」

「かしこまりました」

「それから、明朝すぐに我々も移動を開始する。――火葬の始末をつけるために二個大隊を残し、さらにガウスが指揮してダーナム市内の家いくつかに残る死体を封じてそれを焼き払ってゆく。俺自らが指揮する本隊はそのまま、イーラ湖畔をまいてクリスタルにむかう。アドロンどのの軍勢とは、ダーナム-クリスタル街道のなかほどで合流できればよい。――そう、各部隊長に伝えてくれ。今夜はおそらくこれだけ手間をかけているることゆえゾンビーの奇襲はあるまいが、それでも、まだ火葬に伏していない死者たちがゾンビーの術に使われて襲ってくる可能性はないわけではない。決してぬかるな——火の始末と、ゾンビーの襲撃、そしてあらたな何かの黒魔道による攻撃、そのすべてに気を配って一夜を送るようにとな」

「かしこまりました！」

「明日になれば、火もだいぶん下火になっているとは思うが……」

瞑想的に、グインは、竜頭人たちと兵士たちとを焼き尽くす劫火に目をやった。まだ、ようやく竜頭人たちのものが少し火勢がおとろえてきたくらいで、いくつかの、人間たちのほうを焼く炎はいっこうにおとろえるどころか、ここを先途と燃えさかっている。

「まわりの山林に燃え移らぬよう、それだけはくれぐれも注意を配ってくれ。我々の遠征の目的は、パロの都市を灰にし、焼き尽くすことではないからな」

「はっ」

「まことは、建物も焼きたくはないが——先日、置き去りにした死者たちがああなったことを考えればやむを得まい」

今宵は、星も月もないようだ。

漆黒の空は、地上にその大規模なかがり火がなければ、世にも真っ暗な、何の光もない一夜であったに違いない。大きな火をたいているので、風が出てきて、ざわざわと木の梢が不安な音をたてている。ついにかれらが迫ろうとしている魔都クリスタルでは、どのような恐怖、あるいは陥穽——どのような魔道がかれらを待ちかまえているのだろう。

グインは、なにものかにいどむように、葬送の炎をすかして暗がりに目をすえた。彼のトパーズ色の目がオレンジ色の炎をうつすかのように燃え上がった。

（クリスタル——！）

その口から、低いつぶやきが洩れた。クリスタル進攻はまもなくであった。

# あとがき

お待たせいたしました。「グイン・サーガ」第八十九巻「夢魔の王子」をお送りいたします。

八十七巻「ヤーンの時の時」八十八巻「星の葬送」と、悲しい巻が続きました。このへんで、そろそろ服喪の気分にひたるのはやめて、「明るい明日」にむかって再出発しなければならないのではないかな、と思ったりしています。私自身も八十七、八十八となかなかにひたってしまいましたし、たいへんに反響も大きかったし、いろいろと考えることもありました。でも、八十九巻、ということはもうあと一巻でいよいよ「九十巻」です。ということは、あと十一巻で百巻（爆）ということでもあります。ひるがえってみるに十一巻目は、「草原の風雲児」でしたね。はるばると来つるものかな、といった感慨が、またしても襲ってきます。じっさいには私はもう九十巻は書き上げて、現在九十一巻に手をかけはじめているところなので、自分のなかではもう、百巻までの十巻を切っています。カウントダウンがはじまったところ、という感じです。もっとも、「百巻ではもう終わらない」とはさんざん言明しているし、またいまの話の展開では、急転直下百巻で「豹頭王の花嫁」になって、それで百巻で終わってしまったりはするわけがない、ということはもう当人もよくわかっているのですが（それじゃ、シルヴィアの立場はどうなるの、ってことになっちゃいますよね（爆）それに、このあと「七人の魔道師」の時代に入るわけで、そのころにもまだちゃんとシルヴィアは元気で王妃のままでいるんですから）まかりまちがっても「百巻イコール最終巻」ということはありえないわけなんですが、それでも、「百巻」という数字が目の前にやってくると――もともと、キリ番にはことのほか執着のある人でもありますし、また、やはりなんといっても「百巻」というのは非常に特別な感じのするもので――前代未聞というのは本当にたしかに、前代未聞、空前絶後、どれだけいってもちっとも嘘じゃない（爆）という（笑）――「百巻をこえたあと」というのは、なんだか、「ひとつのハードルをこえた」、ひとつの最終ゴールをこえたあと、次を目指してる、という感じで、非常に気楽にといったら変ですけれども、なんだかもっといまよりもゆったりした気持でやれるんじゃないか、書くことそのものを非常に楽しみながら書いてゆけるのじゃないか、という気がするのですね。

この三月は、ことのほか物故された作家のかたが目についた月で、生島治郎さん、黒岩重吾さんがあいついで亡くなりましたし、私がそのエッセイのファンであった鉄道作家（といっていいのかな）の宮脇俊三さんも亡くなりました。これはもっと前のことになりますが、半村良さんも、星新一さんも亡くなられましたし、光瀬龍さんも亡くなりました。生島さんの死亡記事を見ていて、晩年はもうおからだの加減が悪く、ずっと車椅子でおられた、というのを読んで、生島さんはグインの版元の早川書房の出身でもあられるし、ということはうちの亭主の課違いの上司でもあったかたです。どのくらいお加減が悪かったのかなあ、小説は書いておられたのかなあ、などといろいろなことを考えたり――また、星新一さんは一年半あまり、植物状態のままで寝ておられた、ということで、お葬式のときに筒井康隆さんが、「星さんは、一年と数ヵ月に及ぶ長い長い眠りのなかで、どんな夢を見ていたのでしょうか」と述べられたのが、なんだかものすごく印象的で、いまにいたるまでそのことばだけをはっきりと覚えています。

グインを書き始めたとき、まだ二十六歳であった私も、今年の誕生日で五十歳になりました。グインをはじめてから、二十四年の月日が流れた、ということになります。そのあいだに結婚もし、息子も生まれ、その息子が大学生になり、この五月で二十歳の成人になろうというのですから、まさに時が流れるのも無理はありません。私は横溝正史さんの晩年に、軽井沢のお宅へうかがってインタビューさせていただいたことがあったのですが、その以前から私をなにくれと、亡父の関係もあって可愛がってくださってい た横溝さんは、「いま、シャム双生児の話を書いていて……このあと、こういう話を書 いて、それからこういうのを考えているんだけど……それから——そのあたりで、寿命 かな。まだほかにも、書きたいものはあるんだけれどね」と温顔で話しておられました。 考えてみると、でも、そのときに横溝さんが話していられたものは、結局すべて、書き 上げてから横溝さんは亡くなられたことになり、そのさいごまで現役だった旺盛な作家 としての生命力は、私にとっては、きわめてうらやむべき、というかお手本にすべきも のです。佐藤愛子さんのエッセイで、晩年の佐藤紅緑が、しだいに小説の内容が乱れて くるようになり、あるとき決意した夫人に「もう、小説を書くのはやめたほうがいい」 と云われ、「そうか」とひと言いって、それきり小説を書くのをやめた、など、「作家 の晩年」というものが非常に心にかかってくるようになりました。寺山修司、三島由紀 夫の物故した年齢はすでにこえました。いまたまたま、荒俣宏さんの監修された「知識 人99人の死に方」などという本をつらつらと読んでいるので、いっそうそのようなこ とばかり考えるのかもしれませんが——六十歳で無念の死をとげた手塚治虫先生の、そ の口惜しさ、無念さ、未練がなんだかひたひたと胸に迫ります。横溝さん、星さん、有 吉佐和子さん、これまでずいぶんとさまざまな作家のお葬式にいってきましたが、あれ ほど大泣きし、あれほどみなが悲痛に悲しんでいたお葬式は手塚さんのものがはじめてでした。手塚さんの無念を思っただけでも「ぐずぐずできないのだ」というようなひどく切迫した気持がつきあげてきます。あと十年、二十年、いや、「あと何年か」というようなことは、作家にとっては問題ではなく、「いつ」おのれのわざが中断されるのであっても無念にはかわりないとは思いますが、それでも、「あと十年でもあれば」というその断ちがたい思いのことを考えると、「ああ、本当にぐずぐずしてはいられない、何をこんなところで立ち止まっているのだろう」と思います。もうあと百巻まで十冊、というところまできて、いっそう思います。いま私に悪口雑言をあびせかけたり、言いたい放題をぶつけてきたりしている若い人たちは、相手も自分と同じようにずっと生きているつもりでいるからあんなに何の遠慮会釈もなく云いたい放題をあびせかけられるのだなと思います。私がいなくなってしまえば、グインの行方も他の私のなかから出てきた物語ももうない、私の新しい物語の悪口を言えることももうなくなるわけです。そう考えると、なんとなく、「もう、いくらもないのだからね」というような奇妙な気持がこみあげてきます。私が死んだら、かれらは今度は誰の悪口をいって日を過ごすのだろうか、というような。そして、気づけばかれら自身の時もいつのまにかさいごの季節を迎えることになる。そうした、あまりにも重たい生と死のはざまの感慨などは、かれらにはまったくないのだろうなあ、もしかしたら一生ないのかもしれない、いや、もうちょっと年をとってくれればかれらにもちょっとはわかるのかなあ、などと考えます。だが、若いからといって、明日のいのちの保証はないものを——それもまた、「死にそこなう」体験をしないと、わからないものなのかもしれませんが。

縁起でもないことをいっているといわれてしまいそうですが、八十七巻を書いてからこっち、このようなことをよく考えます。そしてそれは、かつてのようにやみくもに恐しいような感じがするわけでもなく、「ああ、こうやって少しづつ、人間というものは年をとること、死に近づくことを受け入れてゆくものなのだろうな、その準備をはじめるものなのだろうな」と思ったりします。それは、縁起でもないというより、むしろ逆で、「だからこそ、いまもっともっと生きなくてはならない」という思いにもまたつながっているのですが。

ナリスがいなくなっても、またこうしてあらたな主要登場人物が、この期に及んで登場してきて、若々しく暴れまわったりします。でもそれは、ナリスのかわりにはならない、これまでの長い長い、彼と一緒に生きてきた年月、というものは新しく登場するものがどれほど目をひいたとしても、とりかえせない、共有できない、ということなのですね。それもまた、あるていど年を経た人間だけの知りうる感慨なのかもしれませんが——ともあれ、百巻までには「まだ十一巻」あります。そして、百巻のあとにも、たぶん次の百巻が——私のいのちあるかぎりは。それを信じて、これからも営々と書き継いでゆこうと思います。誰かにわかってもらおうとか、批判する人に反論しようという気持もだんだん消えてゆき、そうやって私も年をとってゆくのでしょう。だが、私は「ここまできた」のです。それは、誰にも奪うことも、類推することも、実感することもできない、私ひとりの積み重ねてきた八十九巻です。最初から読んできてくれた人には、かなり共感できるものかもしれませんが——きんさんやぎんさんは、同い年の人間がまったくいなくなってしまった世界で、何をどう感じながら生きていたのでしょうね。私はメトセラにはなりたくないと思います。そう、きんさんが亡くなってからしばらくして、ぎんさんがひっそりとあとを追うように亡くなったのも、きっとそういうことなのだと思います。

なんとなくしめっぽいあとがきになったでしょうか。私にしてみれば、あまりしめっぽい気分なわけでもないのですが（笑）とりあえず、恒例の読者プレゼントは久保満里子様、武居直子様、山本晃久様の三名様です。これも、百巻に達したあかつきには、三人づつだったとしてもっともメノコ勘定でも三百人のかたにプレゼントしてきたことになるわけなんですね（笑）

というわけで、ではまた九十巻にて。次がいよいよ九十巻、ということになります。

二〇〇三年三月十日（月）

著者略歴　早稲田大学文学部卒
作家　著書『さらしなにっき』
『あなたとワルツを踊りたい』
『ヤーンの時の時』『星の葬送』
（以上早川書房刊）他多数

HM = Hayakawa Mystery
SF = Science Fiction
JA = Japanese Author
NV = Novel
NF = Nonfiction
FT = Fantasy

グイン・サーガ㉝

# 夢魔《むま》の王子《おうじ》

〈JA715〉


二〇〇三年四月十日　印刷
二〇〇三年四月十五日　発行
（定価はカバーに表示してあります）

著者　栗《くり》本《もと》薫《かおる》
発行者　早川浩
印刷者　大柴正明
発行所　株式会社早川書房
郵便番号　一〇一 - 〇〇四六
東京都千代田区神田多町二ノ二
電話　〇三-三二五二-三一一一(大代表)
振替　〇〇一六〇-三-四七七九九
http://www.hayakawa-online.co.jp

乱丁・落丁本は小社制作部宛お送り下さい。
送料小社負担にてお取りかえいたします。

印刷・株式会社亨有堂印刷所　製本・大口製本印刷株式会社



ISBN4-15-030715-6 C0193